耀《ヨウ》世《セイ》
皇帝の右腕として活躍している宦官。仮面をつけている。女性に対して冷たいのにも関わらず、宮女の間で密かに人気。
瑛《エイ》庚《コウ》
千年の歴史をもつ紫陽国の皇帝。女性に対して優しく、后妃らを夢中にさせる手練手管を持つ。
蓮《レン》香《カ》
用の帯を織る、盲目の機織り宮女。
感覚と頭脳で、後宮で起きる事件を
してしまう。鳥が苦手。

序章　後宮に咲く蓮の花

「皇帝の名において、氾《ハン》蓮香《レンカ》を皇后とする！」

その言葉に、広間にいた多くの后妃や宮女達が、後方で頭を下げていた私の方を向く気配がした。あーだから、止めておけって言ったのに。私は小さくため息をつく。

「蓮香様。陛下がお呼びです」

隣にいた侍女の林杏《リンシン》は私の手を取ると、玉座の前に誘導する。

「蓮香って、従《ジュウ》五品《ヒン》の機《はた》織り宮女でしょ？」

「確かに美人ではあるけど平民の出よね？」

「陛下が度々お渡りになっているのは聞いていたけど……」

「織物をするだけが特技だと思っていたわ。完全に騙《だま》された」

ぶしつけな声がどこからともなく聞こえてくる。聞こえていないように囁《ささや》いているつもりなのか、聞かせるつもりなのか……。

ただ彼女達の怒りももっともだ。この後宮には階級がある。正一品から始まり、従六品までの合計十二階級に分類されている。その中で下から三番目に位置する従五品の私が、皇后になるとは誰も思っていなかったのだろう。後ろ盾となる有力貴族の親もなく機織りをするためだけに宮女として後宮に入ってきたのだから。

正直な話、私も皇后になるとは思っていなかった。

林杏《リンシン》は何も言わないが、すすり泣いているのが伝わってくる。確かに彼女には後宮に来てから本当に迷惑ばかりかけてしまった。陛下が私の部屋を訪れるようになってから、私に対する嫌がらせがひどくなり、その行為が私の侍女である林杏《リンシン》へ向かうこともあったのだ。皇后になれて嬉しいことがあるとするならば、彼女を喜ばせられることぐらいだろう。

「大丈夫か？」

玉座の前にたどり着くと、林杏《リンシン》に代わって皇帝自らが私の手を引いた。異例のことに広間のざわめきはさらに大きくなる。通常、皇帝は宮女のために玉座から降りてはこない。これから私が皇后になるとしてもだ。

「大丈夫でございます。陛下」

暗にさっさと戻れと伝えるが、皇帝に戻る様子はない。

「いいんだ。私がこうしたいのだから」

いや、全くよくないが……と思うが、皇帝の言葉に式典が継続される。

「さ、皇后の帯だ」

皇帝は私の腰に皇后の証である帯を器用に巻き付ける。正一品の皇后だけでなく貴《き》妃《ひ》、徳妃《とくひ》、淑妃《しゅくひ》、賢妃《けんひ》の従一品までの妃、さらに正二品の妃には就任の際、こうして皇帝が帯を巻くのが恒例となっている。

そして、この帯は私が制作したものでもある。

自画自賛するわけではないが、非常に緻密な模様が織り込まれた豪華な帯だ。私の着ている宮女を示す白の上衣と藍色の裳《も》の着物には不釣り合いな一本だ。

「あぁ、蓮香には朱色がよく似合う」

ウットリとした皇帝の声に私はひざまずき、静かに「ありがとうございます」とお礼を伝える。

式典は何事もなく終わると思われたが、広間の右後方奥から「どうせ見えないくせに」というヤジが飛んできた。

後宮に入る前から何度もかけられてきた言葉だ。それは事実だから反論する言葉もないし怒りも感じない。だが目の前の皇帝は誰よりも、その言葉を嫌った。

「誰が申した‼」

そして、その言葉を聞くと彼は烈火のごとく怒る。普段は温厚な彼の怒りに先ほどまで広間に広がっていたざわめきは止まり、静寂と共に肌が痛くなるほどの緊張感が広がった。

「皇后に対する侮辱は私に対するものだと思え。次にそのような言葉を申すものがおれば、その者の首を私が自ら切り落としに参るぞ」

ザザっと衣擦《きぬず》れの音がそこかしこから広がり、広間にいる千二百人の后妃と宮女達がひざまずいたのが分かる。この後宮において皇帝である彼の一言は何よりも重いものなのだ。

「蓮香、一生大事にする」

小さく囁かれた彼の言葉に私は、何度目かのため息を押し殺し頷《うなず》く。

「ありがたき——お言葉にございます」

この日、千年続く紫陽《シヨウ》国の歴史上初めて盲目の皇后が誕生することになった。

第一章　従五品の機織り宮女

時は遡《さかのぼ》ること数年前。

その日、私は窓辺に置かれた機織り機の前で手を動かしていた。午後のあたたかな日差しを頬に受け、機織り機の音を聞くのは何よりも好きな時間だ。そんな至福の時間を「だから、黙って作ればいいのよ‼」という金切り声が打ち破る。

「あんたじゃ、話にならない！！！　機織り宮女を出しなさいよ‼　皇后様がご所望されているのよ！」

その怒声の大きさに私は耐えられず、椅子から立ち上がり入口へ向かう。行く先が見えるわけではないが、慣れ親しんだ部屋だ。誰に手を引いてもらわないでも動き回ることはできる。そんな私に気付いた侍女の林杏《リンシン》は慌てて駆け寄ってきた。

「蓮香様、どうぞお戻りください」

「お客様は私がお話ししないと、ご納得されないようよ？」

相手の宮女の顔をうかがい知ることはできないが、高まった体温で強くなった香の香り、小刻みに聞こえる衣擦れの音から、とんでもなく苛立《いらだ》ちながらも、何故か密かに焦っている様子が伝わってくる。

「そうよ！　従五品の分際で勿体《もったい》ぶって‼　さっさと出てくればいいのよ」

後宮専属の機織り宮女である私の身分は決して高くない。どちらかというと皇后様付きの宮女の方が身分は高い。

「皇后様付きの宮女様ですね」

「な、なんで分かるのよ」

言い当てられ相手が怯《ひる》む様子が、その声から伝わってくる。

「先ほどこの者に仰《おっしゃ》っていたではございませんか。『皇后様がご所望だ』と」

「聞こえていたの？」

彼女が驚くのも無理はない。確かに常人ならば私がいた部屋の最奥から、部屋の入口で交わされた二人の会話を子細に聞き取れないだろう。

「聞こえておりましたので、慌てて出て参りました。それで皇后様からのご依頼というのは……」

「これを明日までに作って欲しいとのことよ！」

押し付けるようにして渡された紙の表裏を触り小さくため息をつく。何故こんなに簡単にバレる嘘をつくのだろうか……。

「こちらは皇后様からのご依頼ではございませんね」

「な、なんで、そんなことが分かるのよ！！！　どうせ見えないくせに！」

彼女の声がここに来ていちだんと大きくなる。図星だったのだろう。

「ご存知かと思われますが、私は式典を司る尚儀《しょうぎ》局の機織り宮女です。帯のご依頼は皇帝陛下、皇后様、礼部《れいぶ》長官様からしか承っておりません」

後宮内での衣類を調達する部署（尚服局《しょうふくきょく》）は別に存在する。ただ帯が欲しいならば私ではなく他の部署へ行くのが筋なのだ。

「だ、だから皇后様からの……」

「もし皇后様からのご依頼でしたら、このような用紙は使われません。そもそも作画された物をそのまま使って織るわけではないんです。専門の職人によって方眼状に区切られた設計図なるものが作成されます」

そしてその設計図は私が触れれば指先だけで構図が分かるよう凹凸が付けられている。先ほど宮女から渡された紙には、絵の具の凹凸はあっても設計図のそれはなかった。

「お急ぎのあまり、回られる部署を飛ばされてしまったのではないでしょうか」

ここで彼女をさらに追い詰め、罪に問うことは簡単だ。だが、もし本当に皇后様付きの宮女だった場合、後宮最大勢力である皇后様を敵に回すこととなる。宮女が逃げ出せるよう誘導してやることにした。

「そ、そうよ。とても急いでいるの！　皇后様は今夜必要と仰っていたから……」

帯が一晩で完成するわけがないだろ――と内心呆《あき》れながらも、私は「困りましたね」と小さく同情してみせる。少しして、そうだ、と何かを思いついたような演技をして見せる。

「林杏《リンシン》、奥の棚の上から二番目の引き出しにある帯を持ってきて頂戴？」

「蓮香様！　あれは……」

「いいのよ。持ってきて？」

林杏《リンシン》の足は苛立つように小さく床を叩くが、私が笑顔を向けると素早く部屋の奥へと向かった。

「お急ぎのようですので、ご用意頂いた作画とは異なりますが帯をご用意致します」

「し、仕方ないわね。それでいいから出しなさい‼」

上手く私を騙せたと思ったのだろう。彼女の声が少し明るくなる。

「蓮香様、こちらになります」

そう言った林杏《リンシン》の声は不機嫌にとがっており、乱暴に私の手首を掴《つか》み帯の上にのせる。「ありがとう」と伝え、素早くその帯に手の平を這《は》わした。その凹凸から百合《ゆり》と蝶《ちょう》が描かれた目的の帯だと判明する。

「皇后様の清らかな美しさを思い作らせて頂いたものでございます。何時かお役に立てるかと用意しておりました」

「準備がいいじゃない。これなら皇后様もお喜びよ！」

林杏《リンシン》の腕から奪い取るように乱暴に帯を掴むと礼の言葉一つ残さず、宮女はカッカツという足音と共にその場を去っていった。

そんな嵐のような来訪者が立ち去ると、林杏《リンシン》は苛立ちを隠さずズカズカと私より先に部屋の中へ戻っていく。

「蓮香様は美人なのに本当に残念ですよね」

「ざ、残念？」

林杏《リンシン》の発言に私は思わず耳を疑う。

「皇后様は一晩で帯ができないことぐらいご存知ですよ」

皇后様からの直接の依頼もあるが私の手持ちの作業などを踏まえ、計画的に依頼されることがほとんどだ。

「あれは皇帝陛下に見初めてもらうために使うつもりですよ」

後宮には千二百人程の女性が暮らしているが、大きく『后妃』と『宮女』に分けることができる。陛下のお渡りがあるのが『后妃』で、後宮のために働くのが『宮女』だ。

形式上、分類しているが全て皇帝陛下の物であることに変わりはなく、陛下が宮女と関係を持つことも可能だ。そして陛下からの寵愛《ちょうあい》を受けた宮女は、后妃に取り立てられる。未来の皇帝が万が一にも宮女の息子であってはならないからだ。

ただ陛下は即位されてから、宮女と関係を持ったことはないらしい。几帳面な性格なのか、毎夜、皇后様から正二品までの后妃様の部屋を順に訪れているが、従二品以下の后妃の元には絶対に渡ろうとしない。

陛下が即位されてから最初の数年は、皇帝の目に留まり后妃になることを夢見る宮女も多かった。だが、その可能性がないことが分かると次第に人生を諦める彼女達の声が聞こえてくるようになった。

「そんな后妃になるっていいことかしら？」

私はかねてから感じていた疑問を口にする。

「后妃になれたとしても三十歳を過ぎて御子をもうけられなかったら、冷宮《れいぐう》に移されるのよ？」

後宮から出された后妃は冷宮で生涯を終えることとなる。一見華やかに見える後宮だが、目的はあくまでも皇帝の跡継ぎを残すこと。それができなくなった后妃は容赦なく表舞台から引きずり降ろされるのだ。

「あの宮女の厚かましさからすると、御子ができるまであらゆる手を尽くすに決まっています！」

話の本質を全く理解していなそうな林杏《リンシン》に、これ以上説明するのを諦め、私は再び機織り機の前に戻ることにした。

「でも蓮香様は、なんで盗人《ぬすっと》に追い銭をやるような真似《まね》をするんですか？」

「そんなこと？」

彼女の話がまだ終わっていないことに、内心密かに驚かされた。

「そんなことじゃありませんよ‼　あれに味をしめてまた来るかも知れないじゃないですか⁉」

確かに後宮に召し上げられた直後は、彼女のように「后妃からの依頼だ」と言って帯を作らせようとする宮女でこの部屋が溢れかえった。后妃達に金がないわけではない。買おうと思えば好きなだけ帯を買うことはできるだろう。

そんな后妃らが、何故あえて私に帯の制作を頼むのかというと、私が織る帯は儀礼専用の帯だからだ。市販のものとは使う糸も絵柄も異なる。最大の特徴は刺繍《ししゅう》を施しているかのように、織り込んだ柄が浮き上がる点だ。

そしてこれを手にできる人間は後宮でもごく一部の人間に限られる。

だから后妃は宮女を使って、よりよい帯を用意させるように指示するのだ。珍しい帯を身につけることで、皇帝の目に留まる可能性を少しでも上げ、寵愛を受けようと考えるらしい。

「でも誰も二度は来ないでしょ」

「そ、そうですけど……」

「だって皇后様がご愛用されている帯と同じ柄の帯は、後宮では使えないものね」

あの手の無礼な来客には必ず百合と蝶の絵柄の帯を渡している。誰でも「清らかな美しさ」と形容されたら否定はしないし、その文言を誰も疑おうとはしない。

だが、あの帯は私が後宮に入って直ぐに皇后様にお渡しした帯と同じ柄だ。皇后様は、その柄を気に入ってくださり定期的に使用してくださる。だから多くの后妃は少しすると自分の手元にある帯が使えない帯だと気付くのだ。

私は先ほどの失礼すぎる宮女がその事実に気付き、怒りの声を上げる様子を想像し、思わずニヤリと微笑《ほほえ》む。

◇◇◇

少し蒸し暑さの残る夜、いつものように帯を織る時間を楽しんでいるとバタバタという慌ただしい足音と共に林杏《リンシン》が部屋へ駆け込んできた。

「蓮香様‼　助けてくださいませ！」

林杏《リンシン》の泣き声に私は小さくため息をつく。

林杏《リンシン》は、裕福な商家の娘で後宮に入る前ならば、私よりいい生活を送ってきたであろう人物だ。本来ならば、私の侍女として働くような人間ではないが、最初に入宮した時点で私が従五品、彼女が正六品に配属されたため、こうして私付きの下女として働いている。

そんな林杏《リンシン》は男ばかりの兄弟の末っ子ということで、蝶よ花よと可愛がられてきたらしく、よく言えば素直、悪く言うと直情的だ。それは千二百人の女が集まる後宮で過ごすには少し苦労が多そうな性格でもあり、よくこうして私に泣きついてくる。

「どうしたの？」

私は穏やかな声で彼女の不安を聞き出す。口にすると林杏《リンシン》が調子に乗るので言わないが、実は彼女が持ってきてくれる騒動は機織り宮女の私には適度な余暇でもあるのだ。

「今日、昼間に書庫で本を借りてきたんですけど、返すのを忘れちゃったんです」

後宮には書庫がいくつか存在し、自由に借りることができる。林杏《リンシン》が利用している書庫は主に宮女らが使用する書庫のことを言っているのだろう。後宮の書庫の中では特別蔵書数が多いというわけではないが、人気の恋愛小説がいち早く貸し出されることから利用する宮女は決して少なくない。

「人気作品を借りてしまったので、今日返さないと次回から新作が、借りられなくなるんですよ」

なかなか陰湿なやり方だが、この輪に入り約束事を守るならば早い段階で新作が読めるという点では魅力的な規則体系だ。

「返してきたらいいじゃない」

特に大きな問題ではないことに私は内心落胆する。眠ることを知らない後宮。既に夜中を過ぎているが、書庫は勿論開いている。林杏《リンシン》のいう『今日』は、後宮の中では日が昇る前のことを指すので、時間ならばあるはずだ。

「返す？　もう夜中ですよ！　開かずの間の前を通らなきゃ行けないんですよ⁉」

「開かずの間って……」

返却に行けない理由に私は思わず吹き出す。

「笑わないでくださいよ‼　開かずの間には本当に出るんですよ⁉」

「蓉儀《ヨウギ》様の霊がでしょ？」

『開かずの間』は先帝時代の皇后・蓉儀《ヨウギ》様が幽閉され、自殺された場所だ。ただあまりにも急な死であったことから暗殺された――という噂《うわさ》まで流れたこともある。その舞台となった『開かずの間』に幽霊が出るという逸話は後宮の中では有名だ。

だが、あくまでも噂話で、そんな子供じみた噂話を林杏《リンシン》が信じていたことが意外だったのだ。

この数年、宦官《かんがん》と宮女の不義は度々噂されており後宮内の夜間の警備は強化されている。おそらく幽霊話は夜中に後宮内を出歩くなという訓戒的な逸話に違いない。

「蓮香様だって、ご存知じゃないですか‼　蓉儀《ヨウギ》様は自分に御子ができなかったからって、皇太子を暗殺しようとしたんですよ？」

暗殺されかけた皇太子は一命を取り留め、現在は皇帝として即位している。暗殺に失敗した蓉儀《ヨウギ》様はさぞ無念に違いない。化けて出ない方が不思議だと言わんばかりの彼女の主張に私は、そうね、とあえて反論しない。

「夜中になると蓉儀《ヨウギ》様の霊が現れて『陛下〜陛下〜』ってすすり泣くんです。この前、友達の友達の宮女が見たんですよ！」

林杏《リンシン》本人が見ていないにもかかわらず、ここまで怖がれることが不思議で仕方ない。

「ねぇ、林杏《リンシン》、それって変じゃない？」

「何がですか？」

「だって蓉儀《ヨウギ》様は幽閉されていたのよね？　なんで部屋から出てくるのよ」

「それは幽霊だからですよ！」

当たり前の質問をするなと叱責する林杏《リンシン》の主張に私は首を傾げる。

「部屋から出られるなら、開かずの間の前に留まってなんているかしら？」

幽閉されていた時ならいざ知らず、幽霊になれたのなら心置き無く想い人の所に行くはずだ。さ迷うならば皇帝陛下の元が妥当だろう。

「そ、それは先帝が崩御されたことをご存知ないんですよ」

「そうね。蓉儀《ヨウギ》様が亡くなられたのは二十年前……だものね」

暗殺騒動を受け、皇太子は一時、後宮から出て身を隠していた時期があったが、先帝が七年前に病気で倒れられたのを機に戻られた。その一年後に先帝は崩御され、皇太子であった皇帝が二十歳の時に即位する運びとなった。

「ねぇ、林杏《リンシン》今から行ってみない？」

私の隠そうとしない好奇心に、林杏《リンシン》が喉の奥で「うぇー」と小さく唸ったのが聞こえた。

林杏《リンシン》に手を引かれながら、静まり返った廊下を歩くと、コッンコッンと軽快な二つの足音が響く。何だかんだと言って、林杏《リンシン》もまた深夜に出歩くというこの非日常を楽しんでいるのだろう。

「でも本当に幽霊がいたらどうするんですか？」

「どうもしないわよ。恨みを晴らして天に昇って頂くにしても、探されている『陛下』は崩御されているからね」

単に先帝に恨み言を言いたいならば、蓉儀《ヨウギ》様が亡くなられた二十年前に実行しているはずだ。しかし霊が出現すると言われ始めたのは、ここ最近の話でしかない。

「蓮香様は見えないからいいですけど……」

「ちょっと聞こえているわよ」

失言が多いのも林杏《リンシン》の悪い癖だ。確かに私には目の前の景色は見えないが、その光景を想像することができる。時には目が見える人には見えないものが見えたり、人の心が読めたりする。今が正にそうだ。

足に響く音から大理石の床。等間隔に並ぶ大きな柱。カビ臭い香り。三人分の衣が擦れる音……。

私は慌てて大きな柱の陰に林杏《リンシン》を押し込むようにして一緒に隠れた。

衣が擦れる音が増えたのだ。

「で、出ましたか？」

「幽霊に歩く音があるならばね」

林杏《リンシン》が柱から顔を覗《のぞ》かせると一瞬で元の体勢に戻る。

「い、い、い」

今にも叫びそうな林杏《リンシン》の口を私は慌ててふさぐと、私の手の平の中で林杏《リンシン》は静かに「蓉儀《ヨウギ》様の霊です」と報告してくれた。

「静かに。あれは蓉儀《ヨウギ》様ではないわ」

「で、でも……皇后様の帯をしていますし……」

「確かに皇后様の帯の音はするけど、あの着物の作りは二十年前には存在しないの」

衣擦れの音で、どんな着物を着ているのかが大体分かる。廊下の先からは絹の衣が何枚も擦れるような音がしており、現皇后・薇瑜《ビユ》様が着用しているような着物一式を柱の向こうにいる女性は着用している。暗闇の中、遠目で見たら『皇后様の霊』と信じてしまうのも納得だ。

少しするとパタンッと静かに金属の扉が閉まる音が聞こえてきた。その音を確認して、林杏《リンシン》の口をふさいでいた手を離した。

「現在の皇帝陛下のご生母様は遊牧民族のご出身だって知っているでしょ？」

「えぇ、三十年前に遊牧民族との戦があり、その和平のために嫁がれていらっしゃいました」

「陛下が即位されてから、遊牧民族の文化が取り入れられるようになり着物にも影響を与えたの。それが現在、私達が着用している着物。でも二十年前には存在していなかったものよ」

二十年前には今のように薄手の衣を肩にフンワリとかけるような着物の着方はしなかった。さらに帯の位置が少し低くなるため裾の広がりが少なく、歩いた時裾を払う音はもう少し静かになるはずだ。

「皇后様に見えるけど、あくまでも『現在の皇后様』に似ているだけよ」

蓉儀《ヨウギ》様の霊ではなく、その存在を騙《かた》る何者かなのだ。

「ど、ど、どうします？」

霊ではないと分かると、新たな恐怖が生まれてきたのだろう。林杏《リンシン》の声は相変わらず震えている。私も霊より生身の人間の方が怖い。

「そうね……。いくつか方法はあるわね」

「といいますと？」

「見なかったことにして書庫に行く。

相手を逃がして恩を売る。

警備に引き渡して罰してもらう」

どちらにせよ相手を確かめない限り、どの選択肢が得か判断しかねる部分もある。

「ねぇ、警備兵を呼んできて頂戴。私達だけでは捕まえることすらできないでしょ？」

私は笑顔でそう言うと林杏《リンシン》は、なるほどと頷く。

「それでは蓮香様、ここでお待ちくださいませ。絶対無茶はしないでくださいよ」

そう言って私から静かに離れて行く林杏《リンシン》の足音が聞こえなくなるのを確認し、私はそっと立ち上がった。壁伝いに手を這わせながら歩くと、金属のヒヤリとした感触が手に触れる。おそらく『開かずの間』の扉だ。

手に触れる扉の装飾にはホコリが付いておらず、何者かによってこの部屋が何度も使われた事実が伝わってくる。林杏《リンシン》を待つか……とも思ったが、この中にいる住人のために私はゆっくりとその扉を押し開いた。

部屋に入ると思わず顔をしかめたくなる程の汗の匂いが充満していた。その香りに隠れるようにして香水の香りが微かに鼻に届く。おそらくこの部屋は暗闇なのだろう。だが、私は住人がどこにいるのか手に取るように分かった。この強烈な香りをたどっていけばいいのだ。

香りにつられるように部屋の最奥へと足を向けると、手の先に木の扉が触れた。香りはこの扉の中から漂ってくる。おそらく大人二人が隠れられるような大きさの衣装棚か何かだろう。中からは微かに布を握りしめる音が聞こえ、先ほどまでの推測は確信へと変わる。

「もう少しで警備の者が参ります。着物をご着用くださいませ」

小さく投げかけた私の言葉に中からビクリと震える振動が伝わってくる。

「皇后様付きの宮女様と宦官のお役人様でございますね」

局部がない宦官が性行為を行うと、ひどく汗をかくという。この部屋に漂う汗の香りはそれが原因なのだろう。そして部屋に入っていく際に聞こえてきた乱雑な歩き方は、昼間私の部屋を訪れた宮女で間違いなさそうだ。

「み、見逃してください」

慌てて着物を着用している音と共に、彼女はそう言った。

「本当のことを教えてくださいましたら、見なかったことにいたします」

「本当のこと……？」

その言葉と共に恐る恐るといった様子で、一人の宮女が顔を出した。声と香水の香りから、今日、私達の部屋を訪れた宮女だ。

「あなた様は皇后様付きの宮女ではございませんね」

「なんで……それを」

「皇后様付きの宮女にしては、知らないことが多すぎます」

あえて言葉には出さなかったが、彼女の品のない所作もその理由だ。皇后様に仕える宮女となると、貴族出身の娘ということが多い。そのため自然と所作も優雅なのだが、彼女からはそれが感じられない。

「わ、私が悪いんです」

飛び出すようにして出て来た男性がそう言う。

「私が気持ちを抑えられなかったばかりに――」

そんな彼らの言い訳の後ろで微かに十数人の重い足音が聞こえてくる。

「もう時間がありません。警備の者が参ります」

「見逃してくれるの？」

宮女に腕を掴まれ、私は笑顔でその手を振りほどく。

「だって私、最初から何も見えておりませんから」

「あんた……」

宮女は私の言葉に感動して涙ぐんでいるが、全くの誤解でしかない。宦官との不義は後宮において重罪。だが、こんな小物を捕まえても私にとっては何の得にもならないから放っておくだけだ。変に彼らを捕まえて悪目立ちする方が損になる。

「さ、早く」

私は二人を『開かずの間』から逃がし足音が遠くなるのを確認して、その場に座り込む。背後から聞こえてくる無数の足音が徐々に近づくが、ある距離まで近づくと小さな足音が、その中から抜け出すようにして足早に駆けつけてくれた。

「蓮香様‼　待っていてくださいって言ったじゃないですか‼」

泣きそうになりながら私を助け起こす林杏《リンシン》に、心の中で小さく謝罪する。

「扉を開けたら中から人が出てきて……」

まるで先ほどぶつかったかのように伝えると
「中には誰が⁉　顔はご覧になられませんでしたか？」

衛兵の一人が近づいてそう質問する。

「申し訳ございません。私、目が――」

「こ、これは失礼いたしました」

何も嘘は言っていない。恐縮した様子で衛兵は私達から離れると、何やら部下に人を探すように指示をしている。だが既に時遅しだ。おそらく宮女と宦官は既に逃げているから捕まらないだろう……と胸をなでおろし、林杏《リンシン》と書庫へ向かおうとした瞬間、さほど遠くない場所から衛兵の叫び声が聞こえてきた。

「いました！！　皇后様の姿をした宮女と宦官がおりました！！」

あいつらバカなのか？

私は心の中で思わず突っ込まずにはいられなかった。

縛《しば》り上げられた宮女と宦官。

それを両端から囲む衛兵。

その前に座る皇帝陛下と皇后・薇瑜《ビユ》様。その周囲にはお付きの宮女や宦官らが控えていた。

私が最も望んでいなかった展開が目の前で繰り広げられることになった。

「この二人が密会していましたのね」

優雅に薇瑜《ビユ》様はそうおっしゃるが、その言葉の端々から苛立ちを感じているのが伝わってくる。滅多にない陛下の来訪が、この二人によって邪魔されたのだから当然といえば当然だ。

陛下が即位される前からご結婚されていた二人だが、特別仲が悪いという噂も良いという噂も聞いたことはない。いわゆる政略結婚で形だけの夫婦という見方をする人が多い。

「二人は何時から逢っていたのだ？」

陛下の言葉に宦官の男は、消え入りそうな声で「半年前です……」と囁く。その回答に陛下は吐き出すように短く笑った。

「半年も！　衛兵達は何をしていた」

「開かずの間での幽霊騒ぎがあったため、衛兵も含め夜中になると近寄る者が減っていたようでございます」

そう答えたのは陛下の横に控えていた宦官・耀世《ヨウセイ》様だ。陛下の右腕として活躍している宦官だが、顔に大きな怪我を負っているらしく仮面を手放さないことでも知られている。仮面を付けてもなお優雅な立ち居振る舞いなどから、宮女達の間で密かな人気を集めている人物だ。

「それで妾《わらわ》の着物を盗み、着用していたと……」

皇后の怒りはその点にも及んだようだ。宮女は着物を盗んだことがバレないように代わりとなる着物を皇后様の衣装棚に置いて行ったらしい。その中でも特に目立つ帯は代替品がなかったため、私の元へ制作を依頼したという。

おそらく彼女が皇后様と同じ帯を渡されたことに気付かなかったのは、私から受け取った帯を実際に使っていなかったからだろう。

「陛下、死罪がふさわしい罰でございます」

短く言い放った皇后様の言葉に、縛り上げられた二人は小さく「ひぃぃ」と悲鳴を上げる。

「申し開きは……あるか？」

ないだろと言わんばかりにそう言った陛下だが、捕縛された宦官は「恐れながら！」と叫ぶようにして口を開いたため、その瞬間両脇に控えていた衛兵が宦官を押さえつけた。

「私達は同郷で育ち、将来は結婚を約束した仲でございました」

本来ならば発言が許されない宦官だったが、彼の言葉に陛下は「ほう」と興味深そうに頷く。続きを話すことが許され、堰《せき》を切ったように彼は身の上話を始める。

「十五の時に彼女の両親に結婚の申し入れをしようとしましたところ、宮女として召し上げられることが決定したと言われてしまいました。私は彼女を忘れることができず、宦官として後宮に潜り込んだのです」

恋人を追って宦官になるとは、何たる根性というか執念というか。私が宮女と同じ立場だったならば、ゾッとするが……。相手の宮女にとっては感動的な再会だったのだろう。宦官の隣でさめざめと涙を流している。

「全て私の責任でございます。薇瑜《ビユ》様の着物を盗むようにそそのかしたのも私です。どうぞ彼女だけはお助けくださいませ‼」

「いいえ、私が自ら着物を盗みました！　私が彼を誘惑したのでございます。どうか、どうか彼の命ばかりは……」

わざとらしい命乞い合戦に思わずあくびが出そうになるが、勿論堪《た》える。しかしこの陳腐な言葉は意外にも陛下の心には届いたようだ。

「分かった。それではお前達は流刑としよう」

陛下の決定に周囲はザワザワと騒がしくなる。『流刑』など甘すぎる。宮女と宦官の密通は重罪。さらに薇瑜《ビユ》様の着物まで盗んでいる。本来ならば薇瑜《ビユ》様が仰るように死罪が順当だ。

「陛下、それではあまりにも！」

「宮女の募集によって、この者達の仲を裂いてしまったわけだ。同じ島へ流刑にしてやれ」

薇瑜《ビユ》様の反論をいなすと、陛下は片手を振り二人を連れ出すように衛兵へ合図する。罪人二人が引きずられるようにして部屋から出ていく音を聞きながら、ようやく自室に帰れる……と安堵《あんど》した。だが、物事はそう簡単に進まないようだ。それで――と、陛下は持っていた扇で肩を叩きながら、ゆっくりと口を開いた。

「今回の功労者はこの者達なのか？」

「はい。宮女が開かずの間に入っていく所を目撃したらしく、衛兵に連絡をとったようです」

そう説明するのは私が所属する尚儀局を取りまとめる首席宮女の小芳《シヤオファン》様だ。

「しかし亡霊騒ぎにも臆さずよく対応したものだ。怖くなかったのか？」

「蓮香、陛下がお聞きですよ」

小芳《シヤオファン》様にそう言われて初めて私は発言権を得る。本来ならば言葉を交わしてもいいような御方ではない。現に今も膝を床につき両手を掲げ額はそこに付けたままだ。

「前皇后様が亡霊になるはずはないと信じておりましたので、何者かが幽霊騒ぎを起こしているだけと思っておりました」

「ほう――」

陛下は何やら楽しそうな口調だ。

「私を殺し損ねた女だが……幽閉されて恨みなどないと?」

「皇后様たるもの、そのような心根をお持ちのはずはございません。おそらく自分の罪を悔い改め、お亡くなりになられたのではないでしょうか」

「皇后とはそのような心根を持つのか?」

陛下に聞かれ、薇瑜《ビユ》様は嬉しそうに口を開いた。

「そうでございますわね。陛下をお恨みするような皇后など、過去にも未来にもおりませんわよ」

「そうか。そうか」

二人は嬉しそうに笑っており、私の答えが満点だったことを知る。

「それでは、そなた達に褒美《ほうび》を取らせよう。何か望みはないか?」

「褒美など――陛下からお声をかけていただけただけで一生の幸せにございます」

さらに満点の答えを返した。これで彼らの記憶から消える……。それが私の望みだ。自惚《うぬぼ》れるわけではないが、私はどうも悪目立ちをする顔立ちをしているようだ。そのことに気付かれないためにも皇帝と言葉を交わす間、ずっと顔は掲げた両手から離してはいない。

「ほう、欲がない。では、隣の者は？」

林杏《リンシン》の喉が小さくゴクリと鳴るのが聞こえてくる。何かを決意したかのような仕草に嫌な予感がし、慌てて止めようと礼の姿勢を崩し林杏《リンシン》へ飛びかかろうとした。だが私が林杏へ手を伸ばそうとした時にはもう遅かった。

彼女は「蓮香様のところにお渡りいただけませんでしょうか！」と叫んでいたのだ。

なぜ私の周囲の人間はこうも平和な時間を壊したがるのだろうか……。

「蓮香とやら……。面を上げよ」

慌てて袖で顔を隠したが、陛下はそう言って私に顔を上げさせる。渋々と顔をゆっくりと上げると、陛下から突き刺さるような視線を投げかけられた。

「確かにこれ程までに美しい娘を宮女にしておくのは惜しい。しかし『褒美』として自分ではなく蓮香を后妃にして欲しいというのは、何か理由でもあるのか？」

そう言った皇帝の表情はうかがえなかったが、ひどく楽しそうな雰囲気であることは伝わってきた。今までの努力が無駄になったことに私は小さくため息をつく。

「蓮香様はお目が悪いのですが、それを理由に様々な嫌がらせを受けております。もし陛下からのお渡りがあれば、この状況が改善するかと——」

「へ、陛下……じゅ、従三品はいかがでしょうか！」

林杏《リンシン》の言葉が終わらないうちに、叫ぶようにしてそう言ったのは耀世《ヨウセイ》様だった。

「お許しもなく発言し失礼いたしました。ですが従三品の后妃の座が空いておりますので、そちらに取り立ててはどうでしょうか？」

「お前がそんなことを言うとは珍しい」

皇帝と常に一緒にいる耀世《ヨウセイ》様だが、どうやら後宮の人事に関する助言はあまりしていなかったのだろう。皇帝の声が少し裏返っており、かなり驚いているのがうかがえた。その一方で耀世《ヨウセイ》様の一言は確実に陛下の心を動かしたようだ。

「それなら」とにわかに私の后妃入りが決定しそうになり、背中に冷たい汗が伝う。

従五品から従三品への取り立ては大抜擢だが、それでは私が機織りを続けられなくなってしまう。それだけは避けたかった。

だがこの場で反論することを許される言葉が、にわかに見つからない。徒《いたずら》に時間は過ぎ、喉がジワジワと渇いていくのが分かった。

「陛下。おそれながら蓮香は、国家に代々伝わる秘伝の技術を使う機織り宮女でございます」

この恐ろしい流れに一石を投じてくれたのは、小芳《シャオファン》様だった。

「陛下の即位や皇后様ご就任の際など重要な式典で使われる帯を織ったのはこの者です。後任の者を探すために時間をいただけませんでしょうか」

「そのような重要な役職にあったとは……。どうりでこれだけの美貌がありながら目に留まらなかったわけだ。后妃に取り立てるのが難しいならば、私が明日、その者の部屋に行くのではどうだろうか？　私からの渡りがあれば、嫌がらせは減るだろう」

「ありがたき幸せにございます」

頭を床に押し付けながら、そう言う林杏《リンシン》の横で私は仕方なく「ありがとうございます」と口にするしかなかった。

「勝手なことしないで頂戴！」

自室に帰り林杏《リンシン》と二人きりになり、私はおもむろに叫ぶ。

「どうしてですか？　こんなところで機織りしているよりも、よっぽどいい生活ができますよ？　后妃の一人になったって、何十人といるんですよ？　陛下のお渡りなんて最初ぐらいですよ。私、ずっと機会をうかがっていたんです」

「そういうことじゃないの！」

私の怒りは林杏《リンシン》に全く伝わっておらず、『むしろいいことをした』という彼女の調子にさらなる怒りがこみ上げてきた。

「私の全てが機織りなの。子供の頃から修業して、図案を読み解いて……機織りをするためだけに生まれてきたの。それを取りあげられたら――」

「そのようなことは致しませんよ」

背後から突然、そう声をかけられて私は慌てて振り返る。小芳《シャオファン》様だ。

「陛下には後任の者を探すとお伝えしましたが、代わりの者などいないのでしょ？」

私が後宮の宮女となる時、村ではいくつかの試験が行われた。何人もの少女がそれを受けたが、秘術を完璧に習得しているのは私だけだった。勿論、後任の育成にも力を注いでいるだろうが、数十年先を見越してのことでしかない。

「そなたの村の者ももう少し考えてくれればいいのにね……」

そう言うと小芳《シャオファン》様は私の髪を母親のように優しく撫でつけてくださった。後宮に入った時から私の生い立ちに同情してくださり、仕事外ではこうして本当の母親のように優しく接してくださっている。

「このような美貌を持たなければ林杏《リンシン》もあのような愚かな考えは持たなかったであろうに」

「美人揃いの宮女の中でも蓮香様は頭二つぐらい飛びぬけていますもん。絶対后妃になれば正二品ぐらいは狙《ねら》えると思うんですけどね～」

全く反省していない林杏《リンシン》の様子に小芳《シャオファン》様と私は同時に大きくため息をつく。

「林杏《リンシン》、罰としてこれから衣庫《いこ》の清掃を命じます」

「ええ！！　今、夜中ですよ⁉」

「普通の時間に掃除をさせては罰になりませんからね。さ、いらっしゃい」

小芳《シャオファン》様に引きずられるようにして林杏《リンシン》が部屋から出て行き、ようやく私は一息をついて近くにあった長椅子に座った。

「とんだ災難だったわ」

そう呟《つぶや》きながら手を伸ばした瞬間、一冊の本に触れる。表紙やページは擦り切れておらず、まだ新しい。おそらく林杏《リンシン》が『返しそびれた』と言っていた本なのだろう。

「仕方ないわね……」

私は本を手に立ち上がり、書庫へ向かうことにした。先ほど途中まで林杏《リンシン》と歩いた廊下だ。一人で行けるだろう。

案の定、開かずの間までは問題なくたどり着けた。あと少しだ……と気合を入れようとした瞬間、金属の扉から白檀《びゃくだん》の香りが漂ってくるのを感じた。あの醜聞を消すために誰かが清掃に入っているのだろうか。だが衣擦れの音や足音はどこからも聞こえない。

たとえそれが寝ているだけだとしても、人がいればその息遣いが耳に届いて来る。

それがないとするならば、香だけを炷《た》いたのだろう。確かにあの匂いは強烈だった。

そんなことを思いながら、開かずの間を通り過ぎようとすると

『ありがとう。私の想いを守ってくれて』

という声と共にフワリと肩に温かい空気が漂い、先ほどまで漂っていた白檀の香りが消えた。次の瞬間、私は手に持っていた本を床に落とし、悲鳴に似た叫び声を上げていた。

◇◇◇

「狭くないですか？」

いつもより狭くなった私の個室に林杏《リンシン》は、嬉しそうに文句を言った。「あんたのせいでしょ」と反論したかったが、今の彼女には何を言っても聞く耳は持たないだろう。

陛下が訪れる今日は朝から、まるで自分のことのように、浮かれっぱなしだった。

基本的に従五品の宮女には個室は与えられない。ただ私の場合は作業場を兼ねてい

ることもあり、個室が与えられている。しかし決して地位が高いわけではないので、后妃達のように複数人の侍女がいるわけではない。

身の回りの世話をしてくれる林杏《リンシン》。

機織りの助手を務めてくれる宮女達。

私も含めて部屋には、三人から多くても五人しかいることはないが、この日は初めて部屋に人があふれかえった。

例の事件の『褒美』として皇帝が訪れるということで、皇帝付きの宮女や衛兵らに部屋を占拠されているのだ。これまで一部の人間しか部屋の中に入れてなかった。そのため個人的な空間を多くの人に踏み荒らされたような不快感を覚えずにはいられなかった。

少しして「陛下のおなりでございます」という前触れと共に聞こえた足音に私は思わず身を固くした。あの晩、聞いた『皇帝』の足音がないからだ。

「宮女の部屋にしては意外に広いのだな」

その声は私が覚えた違和感をさらに強くする。声は確かに陛下の声に似ている。だが、彼は陛下……なのか？

周囲の人間は彼を陛下として扱っているが、歩き方、衣擦れの音からどう考えても昨日の陛下とは全くの別人でしかなかった。別人というより彼は宦官の耀世《ヨウセイ》様ではないか。

「あ……あ、あの」

「あぁ、そうだな。皆の者下がれ」

私の狼狽《ろうばい》を緊張ととったのか、彼は人払いをする。それによりさらに彼の気配だけが残るが、やはり昨夜の皇帝のそれとは全くの別人だった。

「陛下なのでしょうか……」

部屋に二人だけ取り残され、私はたまらず事実を確認する。

「と……いうと？」

この期に及んでも事実を認めようとしない彼に思わず私はカッとなる。

「私をおからかいになっていらっしゃるのでしょうか。私の目が見えないからといって、昨夜の陛下と今晩の陛下が別人なことぐらい分かります」

この手の嫌がらせは今まで何度も受けてきた。それで笑われるぐらいならば、それでいい。だが今回の悪戯《いたずら》は度が過ぎている。

「分かるのか」

そう言って取られた手の感触に、私の推測が正しかったことが分かる。

「今夜の陛下は武術の心得がある方の歩き方でございます。剣を携えられることが多いからか、左側に重心が寄っていらっしゃいます。手にも剣を握りできたマメの痕がございます」

「そんなに違うのか……」

「違います」

彼との会話のやり取りを経て、さらに確信を得る。少なくとも目の前にいる男性は私に「嘘を見破られた」と狼狽している。

「凄《すご》いな。初めて見破られたぞ」

その言葉に思わず私は首を傾げる。こんなにも違う二人だが、周囲の人間は気付いていないのだろうか。

「顔が似ているということは、陛下と耀世《ヨウセイ》様はご兄弟でいらっしゃるのですか？」

「私が耀世《ヨウセイ》であることも気付いているのか。凄いな……。私達は双子として生まれ、二人で一人として育てられていた。だから、これまで誰も気付かなかった。最近では母ですら気付かんぞ」

なるほど。双子の兄弟というならば周囲が二人を見分けられないのも納得だ。

「それでは耀世《ヨウセイ》様は宦官としてだけでなく、皇帝の影武者としての役目も務めていらっしゃったんですね」

「まぁ……うん……まぁ、そうなるな」

一国の皇帝に影武者がいることはよくあり、特段驚くべき事実ではない。むしろ一介の宮女の『褒美』として来訪してきた彼が『影武者』ということに妙な説得力があった。

「大変でございますね」

「え？」

「陛下のお戯れでこのような宮女の元にお渡りになられなければいけないないなんて」

「いや、違う。私から言ったのだ」

確かに私を「后妃に」とあの場で推したのは彼だった。おそらくあの場での発言の責任を取らされて、こうして私の部屋へやってきたのだろう。

「やはり大変でございますね」

林杏《リンシン》が用意していたお茶を彼に差し出すと、勢いよく飲み干す音が聞こえた。何だかんだといって彼もやはり緊張していたのだろう。

「でもこれで宮女の間での嫌がらせも減ると思いますわ」

「そのように変わるものなのか？」

「林杏《リンシン》……侍女の計画なんで、どこまで実現するか疑問ですけど……。私達は精一杯本日の『お渡り』を楽しみにするんです。ですがそれ以降、陛下からのお渡りはなく后妃への取り立てもない。すると他の宮女達から同情されるという計画らしいです」

色々穴がありそうな計画だが、『可哀想な宮女』という立ち位置の方が『寵愛を受けている宮女』よりも後宮では生きやすいだろう。

「楽しみではなかったのか？」

「私ども宮女は陛下の物でございます。楽しみにするなど恐れ多いことでございます」

「みな、后妃になりたいのだとばかり思っていた」

林杏《リンシン》などの若い宮女らは陛下に取り立てられ、后妃となりのし上がることを夢見ているようだが、正直、私はそれには関心がない。この宮中で機が織れればそれでいいのだ。

「それでも、私は……いや、陛下はそなたを后妃にしたいと思っているのだが……。嫌か？」

申し訳なさそうな声に私は慌てて言葉を選ぶ。影武者とはいっても陛下の側近でもある耀世《ヨウセイ》様だ。失言は許されない。

「いえ、そのようなことは。ただ……昔の初恋を胸に死ぬことができれば本望だとは思っています」

「初恋――？」

これはいざという時のために半日考えておいた口上だ。

「はい、子供の頃、一時、村の蚕《かいこ》小屋で一緒に遊んだ少年がおりました。辛い修業の中で彼と遊ぶ時間だけが私の唯一の救いでございました」

「蚕小屋……」

そう聞き返した耀世《ヨウセイ》様は少し寂しそうな響きが感じられた。蚕小屋で遊ぶという環境に同情されたのだろうか。まぁ、確かに皇太子が遊ぶような場所ではない。

「ただ数年もしないうちにどこかへ越して行ってしまいましたが、今でも彼との日々を懐かしんでおります。もしよろしければ、陛下にもお伝えいただければと……」

宦官の命乞いに耳を貸した陛下だ。陛下の琴線に触れる要素は「幼なじみ」「初恋」だったに違いない。ならばそれを応用しようと考えたのだ。この事実を耀世《ヨウセイ》様が伝えてくださるかは疑問だったが、これ以上私が切れる手札はない。

「その者と会えば、やはり気付くのか？」

「どうでしょう……。もう十年以上前のことでございますから。ただ今一度会えるならば会ってみとうございます」

皇帝と耀世《ヨウセイ》様のように二日連続で比べれば直ぐに分かるだろうが、十年前に出会った少年の気配を見極めろといわれても難しい。

そもそも初恋の相手ではあるが、今の今までその恋心を引きずっていたわけではない。あえていうならば感謝の気持ちは伝えたいが、恋仲になりたい……というわけではない。

「なら……。私と賭けをしないか？」

そう言った彼の声は悪戯をしかける少年のような響きがあった。

「賭けでございますか？」

「簡単な賭けだ。私がそなたの『初恋の少年』を探してみせよう。もしその者を初恋の相手だと、そなたが分かったならば好きにしたらいい。その者と後宮を出てもいいし、ここで機織りを続けてもいい。皇帝はそなたには関わらん。ただもし気付かなかったならば、后妃になれ」

思わぬ申し出に言葉を失う。

「耀世《ヨウセイ》様……それは、ずいぶん私に分の悪い『賭け』ではございませんか？」

彼が初恋の君を見つけてこなければそれで済む話でもある。

「なに、賭けというものは親が得するようにできているのだよ」

この日初めて彼は快活に笑い声をあげたが、その時点になりようやく物事が希望していない方向へ進んでいることに気付かされた。

◇◇◇

「私がどちらか分かるか？」

陛下の形だけの『お渡り』が終わり穏やかな夜を過ごせると思っていたが、何故か次の日には陛下が私の部屋へ訪れた。そして二人っきりになると開口一番に嬉しそうにそう聞いた。

「耀世《ヨウセイ》様ではなく、陛下でございます」

「凄いな‼」

私がゲンナリしながら答えると、まるで見世物を見るように陛下は両手をたたいて喜ぶ。母親すら見分けがつかないという二人。個として認識されることが、嬉しくて仕方ないのだろう。

「では俺のことは瑛庚《エイコウ》。昨夜の奴のことは耀世《ヨウセイ》と呼んでよ」

「『陛下』ではいけないのでしょうか」

二人の区別は簡単につくが『陛下』以外の名前で呼ぶのは恐れ多い気もする。

「それじゃあ、毎回蓮香と会う前にこうして『どちらか分かるか?』と聞かなきゃいけないだろ?」

確かに毎回、こうして見世物のように扱われるのは心外だ。

「それでは恐れ多いことではございますが、瑛庚《エイコウ》様と呼ばせていただいてもよろしいでしょうか」

「そうしてくれると、嬉しい」

「しかし私のような宮女の所にお渡りになられては、后妃様方に申し訳がたちません」

暗に「もう来てくれるな」と伝えるが、瑛庚《エイコウ》様は気にするなといった様子で豪快に笑う。一昨日の彼と比べると明らかに雰囲気も口調も異なるのは、私が二人を別人と認識したからだろうか。

先日、耀世《ヨウセイ》様は「二人で一人として育てられた」と語っていた。本来ならば瑛庚《エイコウ》様の人物像に耀世《ヨウセイ》様が似せるのが影武者の仕事だ。だが、これほどまでに二人が違うということは、彼らが『皇帝』という一つの人物像を演じているだけで、それぞれ本来の姿があるのかもしれない。

「気にしないでいいよ。現在、皇后を始め正二品までの后妃らは全員、俺の子供を妊娠しているんだ」

「伺っております。大変おめでたいことでございます」

皇帝が即位してから五年。既に皇子が三人、皇女が二人存在する。さらに妊娠中の后妃は十人いるといわれている。

「種馬としての仕事を務めたからね。子供達が生まれるまでは好きな所に行っていいらしいよ」

「種馬などとは……」

後宮では皇帝の愛を求める女性は多いが、最終的に皇帝の後継者である『皇帝の子供』を産むことが第一目的だ。そのため皇帝は毎夜、后妃の部屋に渡るが后妃の後ろ盾の政治的立場などを考慮して、均等に訪れるよう計画していると言われている。

「さすがに『種馬』なんて誰も言わないけどね。正直、蓮香や一昨日の宮女のように、純粋に誰かを想えるって羨ましいんだ」

どうやら耀世《ヨウセイ》様は、幼なじみの話を瑛庚《エイコウ》様にも伝えてくれたらしい。そして私の読みどおり「初恋」「幼なじみ」という単語は彼の琴線に触れたのだろう。

「それでしたらば尚のこと、この時期にお相手を探されてはいかがでしょうか？」

再び「ここには来るな」と提案してみるが、何故かその言葉は逆効果だったらしく、長椅子に座る私の膝の上に瑛庚《エイコウ》様は頭をゴロリと乗せた。突然、二人の距離が近くなったことに驚く。

「だからこうして来ているんだろ？」

嬉しそうにそう言った瑛庚《エイコウ》様の言葉に自分が墓穴を掘ったことに気付かされた。

「でも大丈夫。耀世《ヨウセイ》と決めたんだ。蓮香の『初恋』は大切にするって」

どうやら昨日の『賭け』のことを彼も聞いたらしい。

「直ぐに人を使って探させている。そんなに難しくないことだと思うんだよね」

「ですが相手にも家族がいる可能性も……」

結婚適齢期は十八歳前後のこの世界で、私は現在二十三歳。あの時の少年は二、三歳年上なので二十五、六歳だろう。おそらく結婚しているに違いない。先日の宮女のように結婚を約束していたならば別だが、『好き』という想いすら伝えていない以上、この想いを相手に伝えること自体が迷惑になりかねない。

「そうだね……。でも俺なら妻がいて子供がいたとしても、その想いを伝えられたら嬉しいよ」

さすが後宮の主だ。本当に色々と軽い。ただこの軽薄さがあるからこそ、多くの后妃らを平等に扱うことができ、后妃らの間でも大きな諍《いさか》いが生じないのだろう――と感心していると突如、手を握られた。

「大丈夫。もし蓮香がフラれても后妃にしてあげるから心配しないで」

やはりこの賭けは私にとってあまり得がないような気がし、思わずため息が漏れた。

第二章　呪いの青い鳥

後宮では月に一度芸妓などを呼び見世物が披露されている。皇帝を筆頭に后妃などがそれを楽しむための催しだ。勿論、宮女は后妃の付き添いとして同席することはあるが、主だった観客として鑑賞することはない。

だがこの日、私は何故か末席とはいえ后妃らと共にこの催しに参加させられていた。陛下から直々に「来て欲しい」と命じられたのだ。

月一の催しということもあり、后妃らは競い合うようにしてめかしこんでおり、普段の作業着で連れてこられた私はそれだけでも浮いた存在だった。まるで『ここに宮女が紛れ込んでいます』と自ら宣伝しているようなものなのだから。

この日の見世物は、西国から訪れたという曲芸師達によるものだった。彼らが蛇を小動物にけしかけると観客である后妃や宮女らは悲鳴のような歓声を上げる。その様子が想像でき、私はため息しか出てこない。

しかし、耳が痛くなるほどの歓声が上がるということは、多くの后妃と宮女が集まっているということだ。宮女の私が一人いなくなっても、バレないのではないだろうか……。

私は目立たないように、ゆっくりと席を立ちあがり観客席の後方に移動する。あと少し歩けば、廊下にたどり着くという瞬間に右手を無骨な手によって勢いよく掴まれた。

「楽しくないか?」

私はギョッとしてその声の方へ振り向く。耀世《ヨウセイ》様の声だった。

「正直、このような場所は私には似合いません。お戯れは止めてください」

「これでも遠慮させてもらっている。瑛庚《エイコウ》はそなたと二人で見たかったようだが、さすがにそれは止めさせた」

現在、正二品までの后妃らは妊娠中ということで今回の催しには参加していないが、それでも従二品の后妃が我が物顔で皇帝の隣に座っているのは見えないまでも想像できる。もし自分がその席に座っていたら……と思うと恐怖と緊張感から吐き気すら覚えた。

「実は、この曲芸の謎を解いてもらいたいのだ」

そう言われて初めて、なぜ自分がこの場に呼ばれたのかが分かった。皇帝達の戯れではなかったことが分かり少し気持ちが楽になる。

「今日は蛇使いが来ているが、笛で蛇が操れるというのがどうも不思議だ。特に瑛庚《エイコウ》がこの演目が好きで、自分でもできるように笛の練習をしているが上手く行かない」

蛇使いが吹く笛の音に合わせて蛇が踊る姿は確かに呪術を使っているように見える。それを自分でやってみよう……と思ったという瑛庚《エイコウ》様は思ったよりも暇なのかもしれない。

「それで蛇使いに聞いてみたんだ。だが『秘伝の技でございます』としか教えてくれぬ。そこで、そなたならば何か分かるかと思って呼んだんだ」

「それでしたら、このような場所を設けずに個人的に聞きに来てくだされば……」

「では分かるのか？」

そう言って勢いよく両手を掴まれ、私は渋々と頷く。

ここまで大規模な蛇使いの曲芸を見たことはないが目が見えた頃、村にも蛇使いが来たことがある。

「まず蛇が籠《かご》の中から出てくるのは、蛇使いが地面や籠を揺らして合図しているんです」

熟練の蛇使いになればなるほど、その合図が見えないように拍子を取っているように誤魔化すが、その振動により蛇が出てくる合図になっているのは間違いない。

「さらに蛇が音に合わせて踊っているのではなく、蛇使いが笛を動かす動きに合わせて動いているだけです。よくご覧になってください」

蛇使いの奏でる笛の音は上下左右に動いており、その動きに合わせて蛇が動いている音が聞こえてくる。奇妙な音楽が流れるから呪術か何かと思うが、実は蛇の生態を利用した曲芸でしかない。

「ですが、この方法が分かってもおそらく一朝一夕では蛇を踊らすことはできません。やはり何日もかけて蛇を調教していることには変わりませんので、この仕組みを『秘伝の技』と言われれば嘘ではないでしょうね」

「なるほど……。瑛庚《エイコウ》は、あの笛の音が鍵となるのではないか、とあの音色を楽師に記録させ練習もしていたのだが、無意味だったのだな」

呆れたようにそう言った耀世《ヨウセイ》様に、私は苦笑する。「瑛庚《エイコウ》が――」と言っていたが、耀世《ヨウセイ》様も少なからず蛇使いに興味を持っていたのだろう。

「笛の音に合わせて動く蛇は、色とりどりの糸を使って組み上げられた紐《ひも》のように美しいですからね」

「見たことがあるのか？」

耀世《ヨウセイ》様の驚いたような声に私は思わず苦笑する。

「私の目が見えなくなったのは、十歳の時からです。それ以前に村に蛇使いが来たことがあったんです。皆が蛇を見て『まだらの紐』のようだと感心しており、蛇のようにまだらな色合いの糸を作りたいと村をあげて研究していたことがございます」

「確かに美しい紐に見えなくもないな。機織りをする者が見ると、そのように見えるのか……」

耀世《ヨウセイ》様が子供のように感心するので、その研究をするために村人が蛇にかまれ何人か死んだという事実はあえて伝えないことにした。

◇◇◇

少し涼しくなった朝の風を感じながら機織りの準備をしていると、小さな鳥の鳴き声と共に林杏《リンシン》の浮かれたような足取りが聞こえてきた。

「それを今すぐ捨ててきて頂戴」

私は小鳥を抱えた林杏《リンシン》が部屋に入ってくるなり、そう命じた。だが林杏《リンシン》のことだ。全く動じた風もなく小鳥を部屋の隅に置いて小さくため息をつく。

「そんなにカリカリしないでくださいよ。陛下のお渡りがないからって……。だから后妃にしてもらえばよかったんですよ」

見当違いな林杏《リンシン》の反論に私は大きくため息をつく。確かにあの蛇使いの曲芸を見てから、陛下は私の部屋にやってきてはいない。ただその代わり、日中宦官として二人が交互に来ていることを彼女は知らないのだ。

「私が鳥を嫌いなのは知っているでしょ」

私の怒りが『陛下のお渡り』の有無ではなく、鳥であることをハッキリ伝えることにしたが、林杏《リンシン》は全く気にした風はない。

「知っていますけど、西国からわざわざ贈られた鳥なんですよ。ちょっとぐらい、いいじゃないですか」

その鳥はまるで林杏《リンシン》に同意するようにチロチロと鳴くが、その鳴き声に思わずゾッとさせられる。

「鳥を持ってきたのはあんただけじゃないの」

「え？　そうなんですか？」

私は窓辺に置かれた二つの鳥籠を指して林杏《リンシン》を睨《にら》みつける。機織りの助手を務める宮女二人もやはり今朝方、鳥と一緒に私の部屋にやってきたのだ。

「林杏《リンシン》も従二品の后妃様付きの侍女達から押し付けられたんでしょ」

「えーそこまで分かっているなら、飼ってあげましょうよ。可哀想ですよ。こんな異国の地で放されたって、生きていけるかどうか……。それに青い鳥は幸せを運ぶって、言うみたいですよ」

中々態度を変えない林杏《リンシン》に苛立ちながら、私は切り札として用意していた言葉を早々に切り出すことにした。

「その鳥には呪いがかかっているって噂よ？」

これ以上、この部屋に鳥がいることが我慢できなかったのだ。

「呪い⁉」

案の定、林杏《リンシン》は分かりやすく悲鳴を上げてくれる。

「この鳥を陛下から賜ったのは、従二品の后妃達だけなの。その五人の后妃のうち二人は亡くなられ、あとのお二人も原因の分からない高熱にうなされているんですって。医師が容態を確認したけど、打つ手立てがないと専《もっぱ》らの噂よ。あなたもそうなりたくないでしょ？」

「あ、でもそれなら呪われるのは蓮香様ですよね？」

「私なら呪われてもいいって言うの？」

林杏《リンシン》の失言に怒気を含ませて質問すると、彼女は「そ、そういうわけじゃないんですけど……」と乾いた笑いでごまかそうとする。

「でも、后妃様付きの宮女達も同じような高熱で倒れているって聞きました」

助手を務める宮女が遠慮がちにそう発言すると、林杏《リンシン》は再び「ひぃ」と悲鳴を上げる。林杏《リンシン》とは異なり助手の二人は泣きながら、鳥に呪いがかかっていること、そしてそれを押し付けられたことを報告してくれた。

「あーそれで、普段はつんけんしている后妃付きの宮女達が笑顔で、この鳥をくれたんですねー。あー捨てましょう」

「そうして頂戴」

一刻も早く放してもらいたかったが、そんな思惑を知ってか部屋に一人の宮女が現れた。

「蓮香様、どうかわが主・蝶凌《チヨウリヨウ》様の鳥も一緒に放っていただけないでしょうか」

涙ながらにそう言った彼女の腕には、どうやら鳥籠が抱えられているようだ。これで五羽中四羽が私の部屋に来たことになる。なんという人気ぶりだろう。

「わが主は、この鳥の呪いによって病に苦しんでおります」

「確かに陛下から賜った物を不注意で逃がしてしまえば、大問題になりますものね」

陛下から賜った物を后妃が宮女に褒美として授けることは時々ある。そして、その褒美を宮女がどうしようかは后妃が知ったことではない。蝶凌《チヨウリヨウ》様から私へ鳥を贈られたことにして、手放したかったのだろう。

私は林杏《リンシン》にその鳥を受け取るように手で合図をする。

「でも不思議ですよね。従二品の后妃様五人中、四人は病にかかられ、死者も出ているのに、一人の后妃様はお元気ってことですよね？」

林杏《リンシン》は鳥を受け取りながら不思議そうに首を傾げた。

「え……ええ。北の端にお住まいの瑞英《ズイエイ》様は、お元気でいらっしゃいます」

従二品の后妃達の部屋は小さな中庭を挟み、北から南へと五つの部屋が連なるようにして並んでいる。今、鳥を部屋に持ってきた宮女は北から二番目の部屋に住む蝶《チヨウ》凌《リヨウ》様付きの宮女だ。それ以南の部屋に住んでいた后妃様二人は既に亡くなられており、もう一人の后妃様も虫の息だという。

「お元気でいらっしゃる瑞英《ズイエイ》様は、わが主の部屋へ見舞いに来てくださったのですが、蝶凌《チヨウリヨウ》様の意識が混濁されているのをいいことに、『陛下への忠誠心が足りないからこのようなことになったのでは』なんておっしゃったんですよ！　しかも他の后妃様方が鳥を手放している中、わざとこちらに聞こえるようにして窓を開けて鳥の鳴き声を聞かせてくるんです。私悔しくて悔しくて……」

そう言って涙を流す彼女は、本当に主のことを大切に思っているのだろう。陛下から賜った鳥を勝手に持ち出したことが判明したとしても罪をかぶるつもりでいるに違いない。ただそのおかげで色々なものが見えてきたような気がする。

「林杏《リンシン》、時間がないので急いで耀世《ヨウセイ》様を呼んできて頂戴」

「宦官の耀世《ヨウセイ》様ですか？」

「呼ぶことが難しいならば、西国の使者を引き留めるようお頼みしてきて頂戴。私は瑞英《ズイエイ》様の部屋に向かうから」

「え?! 蝶凌《チヨウリヨウ》様のお部屋じゃないんですか？　それに耀世《ヨウセイ》様を待ってからでもいいのでは……？」

窓際から差し込む光は刻々と強くなってきている。

林杏《リンシン》の疑問に何一つ答えず、私は「もう時間がないの」と短く言い放ち、従二品の后妃様方がいる建物へと足早に向かった。

「性懲りもなく何度も何度も……。誰に許しを得て『窓を閉めろ』など勝手なことを申すか！！！」

慌てて駆け付けた瑞英《ズイエイ》様の部屋で「窓を閉めてください」と伝えたところ、部屋付きの宮女に激怒されることとなった。私の隣に蝶 凌《チヨウリヨウ》様付きの宮女がいた点も彼女の逆鱗に触れたのだろう。

宮女の口調からすると、以前も「窓を閉めてくれ」と懇願しに来た人物がいたに違いない。

「そなた達は『呪いだ』などと申し、陛下から頂いた異国の鳥を手放したため瑞英《ズイエイ》様の部屋から鳥の声が聞こえてくるのが不都合なのであろう！」

宮女の主張に同調するように窓辺からチロチロと鳥の声が聞こえてくる。鳥籠に入っているのは分かるが、もし出てきたら……と思うとゾッとして思わず言葉を失う。

私達が無言でいることを肯定ととったのか、瑞英《ズイエイ》様付きの宮女はさらに勢いづく。

「陛下からの寵愛を瑞英《ズイエイ》様ほどいただけていないからといって、妬むのもいい加減にして頂戴！　今夜あたり陛下がお渡りになるかもしれないから、その準備で忙しいのよ‼」

現在、正二品の后妃らが全員妊娠しているとなると、「次は自分たちの番」と期待が高まる気持ちは分からなくもない。そしてその期待を邪魔するかのように、見知らぬ宮女から「窓を閉めろ」などと指図されたら腹も立つだろう。そもそも丁寧《ていねい》に説明しなかった私が悪い。私は息を整えて、ことのあらましを説明することにした。

「今回、従二品の后妃様方を襲った病は『呪い』などではございません」

「それは私も聞いてみたい」

突然背後から息を切らした瑛庚《エイコウ》様の声が聞こえてきた。周囲の宮女達が慌てて膝をついて頭を下げる。勿論、私もそれに倣《なら》ったが、耀世《ヨウセイ》様が来ると思っていたので内心驚かされていた。

「蓮香、ぜひ説明してくれないか」

瑛庚《エイコウ》様が私の手を引いて立ち上がるように促したので、私はそれに従うように小さく頷いた。

「陛下、その前に窓を閉めさせていただくことはできますでしょうか？」

「人に聞かれてはいけない話なのか？　人払いをするか？」

「いえ、窓辺にいらっしゃる瑞英《ズイエイ》様の御身のためでございます」

私の言葉に瑞英《ズイエイ》様付きの宮女らが勢いよく私の方へ振り向く音が聞こえてきた。最初からこう言えばよかったのだ、と反省させられる。

「蓮香の言う通りに窓を閉めよ」

瑛庚《エイコウ》様の一声により慌てて宮女らが立ち上がるが、その音の先に地を這うような音が聞こえてきた。

「お待ちください‼　窓から離れて！！！」

私は窓辺に駆け寄り、隠し持ってきていた火かき棒を『その音』めがけて勢いよく振り下ろした。反対側の手で振り下ろした先にある物をつかみ、やはり隠し持ってきたずだ袋の中に押し込んだ。生け捕りにする方法としてはやや乱暴だが、ずだ袋の中にズッシリとした重みを感じ、捕獲に成功したことを実感することができた。思わずニヤリと笑みがこぼれる。

こうして自分の手で捕獲するのは何年振りだろうか……。

「陛下。一連の犯行は、この者によるものです」

私は少し自慢げに大きなずだ袋を瑛庚《エイコウ》様に向けて掲げて見せると、その場にいた宮女らの口から「ひぃぃぃ！」と悲鳴が上がった。中身が見えなければ怖くないだろうと思っていたので彼女達の反応は意外だ。

「れ、蓮香――。見事だが……そなた大変なことになっているぞ」

その言葉と共に瑛庚《エイコウ》様は私の元へ歩み寄り、そっと頬を布か何かで拭ってくださった。興奮していて気付かなかったが、その時になり初めて自分の顔に何やら液体が飛び散っているのを感じた。どうやら強く火かき棒を打ちつけ過ぎてしまったようだ。

「ははは――。蛇を前にしても顔色を変えないとは――面白い奴だな」

笑いながら私の顔を拭う動作があまりにもユックリなのは、彼が人の頬を拭く機会がない皇帝だからだろうか。最終的には私の唇にゆっくりと、瑛庚《エイコウ》様の指が這う。

「唇にも飛んでいました？」

私は瑛庚《エイコウ》様から一歩離れ、慌てて自分の袖で唇をゴシゴシと拭く。もし蛇の毒が付いていたら、あんな下手な拭き方では死んでしまうかもしれない。そんな私に瑛庚《エイコウ》様の小さく苦笑する声が聞こえてきた。

「従二品の后妃様方が病に倒れましたのは、蛇使いの蛇が原因でございます」

私はずだ袋を衛兵に引き渡し、そう宣言した。

「蛇使いが使う蛇は基本的に捕獲した時点で毒牙は抜くといわれています。ただそれでは緊張感がありませんので、演目の冒頭で毒牙がある蛇を用意し、いかに獰猛《どうもう》な生き物であるかを披露していたと思います」

「確かに先日の演目でも蛇が小動物を捕獲し食べる様子を披露していたな」

小動物を蛇に襲わせる様子はひどく残酷だが、それをきっかけに演目に集中する観客が増えたのも事実だった。

「その毒牙がある蛇が一匹、後宮へ紛れ込んだのでしょう。蛇使いらは蛇を逃がしたという事実を言い出せず、かといって後宮へ探しに来ることもできずに手をこまねいていたはずです」

後宮へは許可された人間しか入ることはできない。非常に多くの人間が存在する後宮なので、変装すれば紛れ込むことも可能かもしれないが、彫りが深く浅黒い西国の曲芸師達では直ぐに関係者ではないとバレてしまうに違いない。

「それが何故、后妃らを襲ったのだ」

「簡単なことでございます。鳥の声につられたのです」

蛇は、自分が飲みこむことができるものは何でも食べる習性がある。小鳥やネズミなどは格好の獲物だ。

「后妃様方は陛下から異国の鳥を賜ったことを後宮中に知らしめたかったのでしょう。現在は瑞英《ズイエイ》様だけが窓を開けていらっしゃいますが、当初は皆様、窓を開け、窓辺に鳥籠を置いていらっしゃったはずです」

「そうなのか？」

瑛庚《エイコウ》様に尋ねられ、蝶凌《チヨウリヨウ》様付きの宮女が力なく頷く。

「皆様競い合うように鳥を鳴かせていらっしゃいました。一番元気な鳥を与えられた后妃様の所へ陛下がお渡りになられる……というような噂も流れまして」

「なんと浅はかな——」

ため息をつくように瑛庚《エイコウ》様はこめかみに手を添えた。

「おそらく后妃様や宮女の皆様は、陛下から賜った異国の鳥を蛇から守ろうとして、嚙まれてしまったに違いありません」

従二品の后妃様達にとって、これまで決して巡ってこなかった『皇帝陛下のお渡り』の可能性を託せる存在が、『青い鳥』だったのだ。それを失うことは後宮での后妃人生をフイにすることにも等しいに違いない。だから彼女達は必死に蛇から鳥を守ろうとしたが健闘むなしく蛇の毒牙にかかってしまい、その事実を伝える前に意識が混濁してしまったのだろう。

私がいた村で被害者が増えたのも、蛇の危険性を伝える前に被害者が意識を失ってしまったのが原因だ。

「なるほど——。それで后妃だけでなく宮女も倒れたわけか。しかし何故医師は気付かなかったのだ？」

「蛇の毒はひと嚙みで象をも殺すというほど猛毒ですが、その牙は非常に小さく嚙まれても痕が残りにくいとされています。さらに蛇は窓辺にいたことから、直ぐに逃げてしまったのでしょう。そのため蛇の目撃者もなく『鳥による呪い』という噂が流れたのだと思います」

「それで西国の使者を留めるよう、指示があったわけだな」

「はい。おそらく蛇使いの者たちが解毒剤を持っているはずでございます。事をうやむやにして国を離れられる前に、解毒剤だけでも分けて貰《もら》えれば……と思いました」

「分かった。そのように伝えよう」

瑛庚《エイコウ》様はそう言うと、近くにいた宦官に何やら指示を出していた。おそらく衛兵らによって今回の蛇脱走について調査も行われるに違いない。何らかの処分を下される可能性もあるだろうが、それは私があずかり知ることではない。

後宮では少なくとも二人の后妃様を救うことができたことに、私は小さく安堵した。

「しかし何故、瑞英《ズイエイ》が最後に襲われることになったのだ？　蛇は後宮に紛れ込んでいたのだろう？」

「蛇は変温動物でございます。温かい場所で日光浴を行わないと活発に動くことができません。そのため最初は南におり、徐々に北上していったのでしょう」

最初に襲われたのは南の部屋に位置する后妃様だった。そこから縁の下を移動して瑞英《ズイエイ》様の部屋まで移動してきたに違いない。部屋と部屋の間にある中庭で日光浴をし、午後に差し掛かる前に后妃様方を襲っていたのだろう。

既に肌寒くなっている季節ということもあり蛇は一日に数時間しか動くことができなくなる。一日に大量の犠牲者が発生しなかったのは不幸中の幸いといえるかもしれない。

「今回もお手柄であったな。褒美は何がよい？　今回も私の『渡り』を所望してくれるか？」

瑛庚《エイコウ》様の声は何やら嬉しそうだが、私は首を振ってその言葉を否定する。

「陛下はどうぞお体を崩されている后妃様の側《そば》にお付き添いくださいませ。その代わりといってはなんですが……先ほどの蛇をいただけないでしょうか」

「そなたが勢いよく頭をたたき割ったから死んでいると思うが。それでもいいならば蛇使いらに見せた後はそなたに贈ることは可能だが……どうするのだ？」

「酒に漬けてみたいと思います」

以前からやってみたいと思っていたのだが、なかなか西国の蛇を手に入れることはできず実現しなかったのだ。

「嫌です！！！　絶対嫌です！！！　異国の鳥よりもよっぽど気持ち悪いじゃないですか！！！！」

周囲にいた宮女らの心を代弁するかのように林杏《リンシン》が悲鳴に似た叫び声を上げた。

◇◇◇

細く真っすぐな鼻筋、目と眉毛の位置は近くホリの深い目元。薄っすらとした涙袋もあり目は大きい。形のよい口、吸い付くような美肌……。見えないが、おそらくこれは相当な美男子なのだろうということが指先から伝わってくる。

「どうだ？　一緒だろ？」

嬉しそうにそう言う瑛庚《エイコウ》様に私は頷く。実は昨夜もこうして耀世《ヨウセイ》様の顔を触らせていただいたのだ。

「寸分たがわぬ配置でございますね」

「こうして近くで見ても蓮香は美しいな……」

そう言って頬に触られ、初めて二人の距離が近いことに気付かされた。昨夜までの軽薄さとは異なる息遣いに思わず身の危険を感じ、慌てて瑛庚《エイコウ》様との距離を取るために後ろに後退する。

「陛下、酔っていらっしゃいます。そんなに強いお酒を出したつもりはなかったんですが……」

蛇を漬けた酒が飲みたいと言われたが、飲み頃になるまでまだ時間があるので別の酒を用意させた。明日に差しさわりがあってはいけないので、軽い物を用意するよう林杏《リンシン》に頼んだのだが、おっちょこちょいな彼女だ。強い酒と間違えたのかもしれない。

「いや、酒には酔っていないさ。蓮香に酔っているだけだよ」

ヘラヘラと笑いながらも瑛庚《エイコウ》様はそう呟く。本当に口が上手い。何も知らない宮女ならば、その言葉一つ一つに舞い上がっていたに違いない。

「それは私めにかけるべき言葉ではございません」

私はスルリと彼から離れ、機織り機の前に座った。

「なんだよ。つれないな……」

「病床の后妃様方のお側にいて差し上げてくださいませ」

西国の蛇使いらが持っていた解毒剤のおかげで、重体だった二人の后妃様達も快復に向かっているという。だが、それでも一時は生死をさ迷ったこともあり、まだ部屋から出られない状態なのだとか。

「いや、それなんだけど……、次の『種馬』としての仕事が始まるまでは蓮香以外の所には渡らないって決めたんだ」

その口調はしっかりしており、意外にも酩酊《めいてい》はしていないのかもしれない。

「俺の態度がハッキリしないから従二品の后妃らもあのような諍いを起こしたんだと

思うんだよね。なら最初から『渡る予定がない』と伝えておけば平和になるはずだよ」

　私は小さくため息をつく。

「后妃様方の間では諍いが起きないとは思いますが、私どもに火の粉が降ってくるではありませんか」

「それならば大丈夫。守ってあげるよ」

『守ってもらえるならばね――』という言葉を飲み込んで、私は静かに「ありがとうございます」と短く返事をする。

　確かに陛下がいる前で嫌がらせを受けようものならば、瑛庚《エイコウ》様にしろ耀世《ヨウセイ》様にしろ烈火のごとく怒ったり、守ってくださったりもする。だが後宮の苛《いじ》めとはそんなに分かりやすいものではない。

　着物がなくなる、寝所に虫が入れられる、食事が捨てられる……私だけでなく林杏《リンシン》にすら迷惑がかかり始めている。正直、放っておいて欲しいと思うのだが、この部屋でくつろぐ彼らの姿を見ていると「来るな」とは強く言えずにいる。ハッキリとした答えを出す代わりに私は機織りの仕事を始めた。

「なぁ……、前から思っていたんだけど、蓮香は目が見えないのにどうやって織っているんだ？」

瑛庚《エイコウ》様はフラフラとした足取りで近づいて来る。

「糸の音を聞いております」

「糸の音⁉」

驚いたように聞き返されて、そうか……これは普通の人には聞こえない音だったということを思い出した。

「私が使う経糸《たて》は全て染料が異なっているんです。本当に小さな差ですが、一つ一つの糸に音があり、その音の違いを聞いて織っています」

これを習得するまでに十年以上がかかったが、この国に伝わる秘伝の技術を習得するためには少なくともこの糸の音を聞き分けられなければいけない。

「では図案はどうやって見ているのだ？　毎回触って確認しているのか？」

機織り機の経糸の下に置かれた図案を指でつつきながら瑛庚《エイコウ》様は質問する。

「熟練の職人になりますと、図案はある程度しか見ないんですよ」

これは目が見える見えないの問題ではない。

「例えば、今回の図案は梅の枝が描かれております。右上に向かって伸びていることだけ分かれば、あとは図案を見ないでも織れるんです」

そもそも原画を方眼状の設計図に起こす時点で、想像を絶するような図案にはしないという背景もある。囲碁に十数手先までの定石があるように、機織りの図案にも定石があるのだ。

「それに……帯を織る中で、機織りが一番緊張する瞬間は何時《いつ》だかご存知ですか？」

「複雑な絵柄を入れる時か？」

私は苦笑して首を横に振る。

「完成して帯を裏返す瞬間なんです」

「というと？」

「帯は筒状になっていますので機織りに見えているのは帯の裏目になります。完成しましたら、最後に裏返して出来上がりを確認するのですが、それまで表目の柄を確認することができないんです」

この瞬間はどんな熟練の職人でも緊張する瞬間だと言われている。

「つまり見えていても見えていなくても帯を織るということは、非常に緊張感がある作業ということなんです」

『だから今すぐ帰ってください』と彼に笑顔を見せたが、あまり伝わっておらず「なるほど」とひとしきり感動している。

「蓮香は我が国の宝なのだな」

「ありがとうございます」

突き放すように礼を言う。瑛庚《エイコウ》様に全く真意が伝わらないことにイライラしながら、横糸を経糸《たて》の間にくぐらせた。

第三章　見えない呪符《じゅふ》

「陛下……正直に申し上げます。もう今日は帰ってください」

皇帝の影武者としてやってきた耀世《ヨウセイ》様に初めて強くそう伝えた。これまで瑛庚《エイコウ》様にも耀世《ヨウセイ》様にも何度か遠回しに「早く帰れ」と伝えていたが、のらりくらりかわされており全く通じていなかった。だが、今日ばかりは通じて貰わないと困る状況だ。

「なんと――私が邪魔か？」

機織りをする私の後ろに座りながら本を読んでいた耀世《ヨウセイ》様は、驚いたようにそう言った。耀世《ヨウセイ》様だけでなく、機織りの助手を務めていた宮女らもハッと息をのむ。強く言い過ぎた事実に気付き、私は慌てて新たに言葉を選びなおすことにした。

「邪魔――ではございませんが、さすがに納期が迫っております。集中させていただきたいのです」

「既に夜中だ。終わらないのか……」

「今日は終わりませんよ」

私は大きく息をはいて糸を通すために持っていた杼《ひ》を置いた。

「そもそも、なんで耀世《ヨウセイ》様がいらっしゃるんですか？」

周囲にいる女官らに気付かれないように耀世《ヨウセイ》様に顔を近づけ私はそう囁く。

初日、彼が私の部屋に訪れたのは「后妃にしては？」と進言した責任を取らされたからだ。さらに耀世《ヨウセイ》様から話を聞きつけ、興味をもった瑛庚《エイコウ》様が私の部屋へ来るというのも嬉しくない話だが、皇帝の気まぐれだから仕方がない。

だが何故、今夜彼がここに来ているのか大いに謎だった。影武者を立ててまで私の部屋に連日訪れなければいけない理由が見つからない。

「まるで来て欲しくないような口ぶりだな」

驚いた様子でそう言った耀世《ヨウセイ》様に私の顔は無表情になる。言葉が通じない相手と会話をするには、こうして無心になる必要があるのだ。

「いえ、陛下のお渡りは身に余る光栄でございます」

決して本心ではないが、彼らが何を考えているか分からない以上、失言だけは避けたかった。

「やはり瑛庚《エイコウ》でなければ嬉しくないか？」

耳元でそっと囁かれた耀世《ヨウセイ》様の口調は少し拗《す》ねたような響きがあり、無骨な彼から想像できない一面に私は心の中で小さく笑った。

瑛庚《エイコウ》様であろうと耀世《ヨウセイ》様であろうと仕事を邪魔する人間の来訪は歓迎できないのだが、彼は事の本質を理解していないのだろう。

「今日は忙しいだけでございます。そもそも陛下が仕事を増やしたんですよ。これから生まれてくるお子様方の帯の制作だけでも大変なのに……」

皇帝の子供が生まれた場合、式典が行われ陛下から帯が贈呈される。その帯を織ることこそ私の本来の仕事だ。

「それでは、それは薇瑜《ビユ》の帯か？」

バツの悪さを誤魔化すように、そう言った耀世《ヨウセイ》様の声は心なしかうわずっているようだ。

先日、皇后・薇瑜《ビユ》様の帯と着物を新たに数本作ることが決定した。勿論、その理由は明かされていないが、後宮内での衣類を担当する尚服局も含め、私の周囲は急な仕事に奔走している。現に普段ならば二人の助手と制作しているところを五人に増やし、機織り機を一台増やした程だ。効率化のために柄が入らない部分は他の宮女に任せているのだ。

「ええ、そうでございます。どういった理由で着物や帯を総取り換えされているのか分かりませんけど……本当に大変なんですよ」

交換する帯が一般的な物ならば、私は手伝わなくてもいい。ただ総取り換えする帯の中には皇后様が式典で使用される帯も含まれており、これぱかりは私しか織れない。一般的には后妃に即位した時に一本贈られる帯だが、皇后様となると一本ではなく数本お持ちであるため、目が回りそうな忙しさだ。

「……実は、薇瑜《ビユ》に呪いがかかっているらしい」

耀世《ヨウセイ》様は持っていた本をパタリと閉じるとそう呟いた。

話が長くなりそうなので再び杼《ひ》を手に取り作業を進めることにした。どうやら現状をハッキリ伝えても帰ってくれるつもりはないらしい。皇后様の容態を気にしてか心配そうな耀世《ヨウセイ》様の声が無性に腹立たしく私は乱暴に経糸《たて》に杼を通す。

「そもそも先週、宮医から薇瑜《ビユ》が妊娠していると告げられた。それからなんだ。理由もない高熱にうなされ、苦しんでいる」

最近、後宮が少し騒がしいのは、このせいか……と腑に落ちる。

「宮医がダメならば祈祷《きとう》師を呼んだところ、『呪い』が原因といわれた。祈祷も頼んだのだが、呪符が見つからなくては根本的な解決にならないと匙《さじ》を投げられたんだ」

皇后に対して呪いがかけられたことが公になっては一大事だ。だからこそ末端の宮女である私達には事情が伝わっていないのだろう。

「部屋もお探しになられたんですよね」

「勿論だ。部屋の隅々まで探し、着物をほどいて裏側に縫い付けてないかまで確認した。それでも容態は回復しないので部屋を移したのだが、やはり高熱にうなされたままだ」

「それで仕事が増えているんですね……」

再び大きく息をはいて杼を置く。

「早く言ってくだされば、呪符がどこにあるかぐらい見つけますのに」

目は見えないが、見えている人には見えないものを見ることができる――という自負がある。

「そうか――そうだったな。そなたに頼めばよかったのだな」

「今から行きますか？」

既に深夜を回っているが、高熱でうなされている皇后様のことを考えると一刻も早く呪符を見つけた方がいいに違いない。そして呪符が見つかれば私の仕事は大半がなくなり、元の仕事に専念することができる。さらに呪符が縫い付けられている疑惑をかけられ、捨てられる予定だった着物を無駄にしなくて済む。あれは尚服局の宮女らが織りなした芸術品だ。

「あぁ、そうしてくれ。林杏《リンシン》、薇瑜《ビユ》の部屋の者に今から向かうと伝えてくれぬか」

部屋の隅で眠そうにウトウトしていた林杏《リンシン》は、耀世《ヨウセイ》様の言葉にハッとして起き上がる。確かに連日深夜にわたり仕事をしており、それに付き合わされている彼女も寝不足なのだろう。

「は、は、はい。いってまいりましゅ」

呂律《ろれつ》が回っていないだけでなく足元もおぼつかないのか、林杏《リンシン》はいたる所に身体をぶつけながら部屋を出て行った。

「さて、それでは参ろうか」

耀世《ヨウセイ》様が手を引くので私は慌てて手を引っ込める。

「陛下。さすがにそれは皇后様がお可哀想です。お体が辛い時に陛下が后妃でもない宮女と手を取り合って訪れたら不快ですよ。下手をすると部屋に入れてもらえないかもしれません」

「そう言われればそうだな。ああ……やはり後宮は性に合わぬ」

「ならば、いらっしゃらなければよかったのでは？」

外出の支度をしている宮女らに気付かれないよう、再びソッと囁くと

「それでは、私がそなたに会えないではないか‼」

と耀世《ヨウセイ》様は突如大きな声を出した。どうやら後宮生活に慣れない彼は、まだ物珍しい機織り宮女に飽きていないらしい。

瑛庚《エイコウ》様だけでなく、皇帝の姿をして私の部屋を訪れる耀世《ヨウセイ》様。遊び感覚で私の部屋へ渡ってきているのだろうが、二人で一人ということもあり、飽きるまでの時間も二倍ほどかかるのだろう。二人分身体があって便利だな——と思っていたが、その実態を知ると意外に面倒なのかもしれない。

「そこは薇瑜《ビユ》が以前使っていた部屋だ。今はここにはいない」

私は大きな扉の前に立って首を横に振る。

「ここでいいのでございます。そもそもの始まりはこの部屋。呪符はここにございます」

「そうか……何か必要なものはあるか？」

私は少し考え、大事な人を呼び忘れていたことに気付く。

「呪術に詳しい者をお呼びいただけますでしょうか。呪符を見つけるのは簡単でございますが、その後呪符をどうしたらいいのか分かりかねますので……」

「蛇酒の時も思ったが、そなたは推察する能力はずば抜けているが、それ以降のことになると少し残念だな……」

耀世《ヨウセイ》様の言葉に私は少しムッとする。確かに最初の密会していた宮女は取り逃がしたことになっているし、蛇も叩き潰してしまった。今回こそは華麗に解決する予定だ。

「あと薇瑜《ビユ》様付きの宮女様方にお手伝いいただきたいのですが……」

「分かった。何人必要だ？」

「全員でございます」

そう断言すると、耀世《ヨウセイ》様は少し驚いたようだが直ぐに近くにいた宮女に使いをやらせていた。

数分もしないうちに不服そうな様子の宮女らと祈祷師が部屋の前に集められた。宮女らの足音が重く、少しでも薇瑜《ビユ》様の側にいたい……という想いが伝わってくる。

「よく集まってきてくれた。呪符探しをするので、この者の指示に従うよう」

耀世《ヨウセイ》様の言葉に渋々といった様子で宮女らは私と共に部屋の中に入った。

「それでは皆様、お手数ではございますが四方に散らばり、壁を叩いていただけないでしょうか」

音を拾いやすいように私は部屋の中央に立ち、そう告げた。

「叩く？」

入口から動こうとしない宮女が、苛立った様子でそう質問する。

「はい。呪符はおそらく壁紙の中にございます。皆様が叩いてくださいましたら、どこに隠されているか音で聞き当ててみせましょう」

「あんたねぇ。私達がちゃんと調べていないって思ってんでしょ？　壁だって触りながら確認したんだからね。それに薇瑜《ビユ》様の看病のためならいざしらず、こんな茶番に付き合うために寝ずに働いているわけじゃないんだよ！」

彼女の言い分は尤《もっと》もだ。そもそも薇瑜《ビユ》様がこの部屋で過ごされていたのだから、壁紙の裏……など大掛かりな場所に呪符など隠す時間などなかったに違いない。そして、もし壁紙の中にあるならば、薇瑜《ビユ》様が部屋を移られた時点で体調は改善しているはずだ。だが、それでも調べなければいけなかった。

「ですが――」

「勘違いするな」

私の言葉を遮るようにして口を開いたのは耀世《ヨウセイ》様だった。

「私は、この者に探すよう乞うたのだ。この者の言葉は私の言葉と思い、しかと聞きとげよ」

決して怒鳴るわけではないが、床にまで響くような耀世《ヨウセイ》様の声に入口にいた宮女の身体がピクリと震えるのが分かった。

「失礼いたしました」

その宮女が壁際に立つと、部屋で所在なさげにしていた宮女らも壁際に移ってくれた。

「部屋の四隅に四人立っていただき、その間に一人ずつ立ってください」

薇瑜《ビユ》様付きの宮女は全員で八人いる。おそらく早番の宮女らも叩き起こし、連れてきてくれたのだろう。

「それでは皆様一斉に壁を叩いてくださいませ」

私がそう言って手を叩くと、一斉に宮女らが両手で壁を叩き始めた。最初はバラバラだった音だが、次第に双方の音を聞き拍子よく打ち付ける。おそらく私に対する苛立ちをぶつけているのだろうが、さすが皇后付きの宮女といったところだろう。

その中で微かに異なる音が耳に届いてきた。

「ありがとうございます。お止めくださいませ。そして私からみて二時の方角にいる宮女様を拘束していただけますでしょうか」

衛兵が宮女を取り押さえると、その宮女は「違う！」「放せ‼」などと暴れ始める。

その声は先ほど私に噛みついてきた宮女のそれだった。

「して……この者と呪符がどのような関係にあるのだ？」

耀世《ヨウセイ》様の驚いたような声に私は小さく頷く。

「その者の帯をお調べくださいませ。おそらくそこに呪符が入っております」

私の言葉を聞いた者達の視線が一斉にその宮女へと向かった。

「呪符はその呪いをかける相手に一番近い場所に置くのが一般的です。寝台の下や床下、衣類の中、帯の裏側に縫い付けたという例もございます」

特に妊娠中の薇瑜《ビユ》様を呪うならば、標的になりやすいのは腹部に一番近い帯だろう。

「ですが、皇后様に呪術がかかっていると判明すれば、徹底的に周辺を捜索されることは後宮の住人ならば誰でも知っています。そのため常に薇瑜《ビユ》様に付き添っている宮女の帯に呪符を隠したのでしょう」

衛兵に取り押さえられた宮女の帯を祈祷師が調べたところ、一枚の呪符が出て来た。

「しかし、そなた良く分かったな」

「まず部屋を移動されている時点で、部屋には呪符がないことは分かっておりました」

「ならば何故、『この部屋で呪符を探す』などと言い出したのだ」

「簡単でございます。薇瑜《ビユ》様のためでございます」

耀世《ヨウセイ》様は驚いた様子で「薇瑜《ビユ》の？」と聞き返した。

「この後宮で昼夜問わず付き添ってきてくれた宮女の中に犯人がいたとお分かりになられたならば、どれだけ心を痛められることか……」

林杏《リンシン》に皇后様付きの宮女らのような忠誠心は皆無だが、それでも彼女に呪術をかけられていたら……と思うと「辛い」よりも「衝撃」が大きい。そして代わりの宮女が来たとしても、親しい関係だった宮女に裏切られたことで疑心暗鬼になってしまうだろう。

「ですので呪符はこの部屋から見つかったことにしてくださいませ」

「相分かった。そうしよう……それで薇瑜《ビユ》の容態はどうだ？」

祈祷師によって呪符が処分され、既に半刻ほど時間が過ぎている。

「先ほどまで薇瑜《ビユ》様のお体は焼けるように熱かったのですが、嘘のように熱が引いております！」

一度薇瑜《ビユ》様の部屋へ戻った宮女は半泣きになりながら、そう報告する。その言葉を聞き耀世《ヨウセイ》様は「よかった……」と心底安堵したように息をはいた。そんな耀世《ヨウセイ》様の声に何故か、やはり無性にイライラさせられるのだった。

◇◇◇

「妾はまた、そなたに助けられたわけか」

それから数日後、私は薇瑜《ビユ》様の部屋に呼び出されていた。

「助けるなど……。隠されていた呪符をお探ししただけでございます。全ては陛下のご指示によるものです」

あくまでも手柄は陛下の物である方が薇瑜《ビユ》様も気分がよかろうと気を回す。後宮で絶対的な権力をもつ皇后。死んでも敵に回してはいけない人物の筆頭だ。

「して犯人は……宮女のうちの一人だったようじゃのう」

「何故それを……」

それまで伏せていた顔を私は慌てて上げる。

「私もでくの坊ではない。体調がよくなって戻ってみれば、一人宮女が入れ替わっている。聞けば体調を崩し他の部屋へ移ったという。もう犯人と言わんばかりではないか」

呪符を隠し持っていた宮女をそのまま皇后様付きにしておくことはできず、直ぐに処罰されたが、それを取り繕うことまでに気は回らなかったのだろう。

「何、心配してくれるな。最初から宮女など誰一人として信頼などしておらん。そもそも腹の子が皇子であるという事実を知っていたのも部屋付きの宮女だけじゃ。呪符を用意したのも、その者のうちの一人だということは分かっておった。まぁ、本人が隠し持っているとは思わなんだがな」

そんな薇瑜様の言動に、この部屋にいる宮女は誰一人として驚いた様子は見せなかった。薇瑜《ビユ》様は誰も信用していない――。彼女達にとってはこれが日常なのだということが伝わってきた。

「しかし陛下も無粋じゃ。殺された我が子の敵《かたき》を何故、私に取らせてくれなんだ」

その段になり、彼女が子供を助けてもらった礼は言っていなかったことに気付かされた。まだ公になっていないが、子供はあの高熱で流れてしまったのだろう。

「皇后はのぉ、ひどく華やかな存在だが、それはそれは孤独な存在なのじゃ。子を産めど手元に置いておくことは叶わず、常に妬まれ、若い宮女らの存在が陛下の心を惑わすのではないかと恐れ……」

そこで言葉は途切れ、彼女の視線が自分へ痛い程向けられているのが伝わってきた。皇帝の心を私が奪ったと無言で責めているのだろう。

「だから今日は、そなたに私の友人になって貰えないか聞きたかったのじゃ」

「友人など……」

薇瑜《ビユ》様は我が国に経済的にも軍事的にも影響力を持つ隣国の出身だ。後宮で機織り宮女を務めていなければ商人の娘である林杏《リンシン》とすら言葉を交わすこともなかったであろう私に、『友人』という言葉はお門違い過ぎだ。

「友人になってくれぬのか？」

まるで蛇が絡みつくようなネットリとした言葉に思わず身震いをしながら、断るという選択肢が私に用意されていないことに気付く。

「あ、ありがたきお言葉にございます。何かございましたら、いつでもお呼びくださいませ」

それは『友人』と交わすような言葉ではなかったが、薇瑜《ビユ》様は満足したように「うむ」と同意する。

「陛下には『蓮香と親しくなりました』と伝えておく故、もう下がるがよい」

薇瑜《ビユ》様が突然、発した声は、まるで十代のあどけない少女のような声だった。先ほどまでの憎しみと怒りを帯びた声とは全く異なる声色に、人はここまで声を変えられるのかと唖然とさせられる。その変わり身の速さに私の本能的な何かが恐怖を呼び起こしていた。『一刻も早くここを立ち去りたい』という衝動と共に薇瑜《ビユ》様の言葉が、まるで見えない呪符のように私の身体にへばりつくのを感じた。

◇◇◇

「今回はどんな褒美が欲しい？」

事件後、私の部屋へ訪れていた瑛庚《エイコウ》様は少し不満げにそう言った。

「何かお気に召しませんでしたか？」

「いや、別にいいんだけどね、なんか耀世《ヨウセイ》と二人で問題解決しちゃったからさ……」

なるほど仲間外れにされたような気になったのだろう。

「ですが、お休みの陛下をお呼びたてするのはいかがなものかと思いまして」

彼の存在を全く忘れていたわけだが、あえてそう言うことにした。

「何があっても行くから！　今度は絶対、呼んでよね」

「そうさせていただきます」

「で、何が欲しい？　着物？　宝石？　蓮香は后妃じゃないから大っぴらに贈り物ができなくてウズウズしていたんだよね。なんでも言って！」

そう言った瑛庚《エイコウ》様の声は先ほどとは打って変わって嬉々としていた。しかし私は首を横に振り、それらはいらないと無言で伝える。

「以前、陛下が『探す』と約束してくださった幼なじみの件はどうなりましたでしょうか？」

「え？ 覚えていたの？」

少し意外そうな返答をする瑛庚《エイコウ》様に私は思わず咎《とが》めるような視線を投げつけてしまう。

「既に見つかっていたんですか？」

瑛庚《エイコウ》様は、ハハハッと乾いた笑いで私の言葉を肯定した。かなりの確率で、あの『賭け』は守るつもりのない口約束だったことが伝わってきた。

「それでは明日、そなたの初恋の相手と会えるよう手はずを整えよう」

「本当でございますか？」

早くても数週間後のことだと思っていたので、〝明日〟という期日に思わず声が裏返る。

「そんなに初恋の相手に会えるのが嬉しいのか？」

優しい口調でそう言われ、私は苦笑しながら首を振って否定した。

確かに嬉しいが、それは『初恋の相手に会える』からではない。これで瑛庚《エイコウ》様と耀《ヨウ》世《セイ》様の下らない遊びに煩わされる日々が終わり、機織りに専念できる日が訪れるからだ。

◇◇◇

「この中にそなたの初恋の相手はおる」

瑛庚《エイコウ》様にそう言われて、案内されたのは先日、見世物が披露された広間だった。

「どのような方法でもいい。見つけられたならば、そなたの望むようにしよう。望むならば、その者と後宮を出ることも許そう」

少し演技がかっているのは、おそらくここに集められた男性達の手前だろう。私と林杏《リンシン》と護衛の数名しかいない状態だったが、やはり二人きりでない以上、『瑛庚《エイコウ》様』ではいられないに違いない。

集められた男らが部屋に入ってきた際に聞こえてきた足音からすると、その人数は五人。少し手間だが、昨夜まで考えていた方法を試すことに決めた。

「近くに行き、話をさせていただいてもよろしいでしょうか」

「勿論だ。着物を脱がせる必要があるならば脱がせてもよいぞ」

悪趣味な笑い声と共にそう言う瑛庚《エイコウ》様に少し冷めた気持ちになりながら、林杏《リンシン》に手を引かれて最初の男性の前に立たされた。フンワリと品の良い香の奥から微かに土臭い香りがしてくる。衛兵の一人を綺麗に磨き上げて、官吏のような服装をさせている に違いない。

「失礼します。少しかがんでいただけますでしょうか？」

男性の肩に手を置き、そう頼むと男性は無言で膝をついてくれた。陛下から事前に『言うことを聞くように』と命じられているのだろう。かがんで貰った男性の眉間に右手、首筋に左手をそっと添える。

「私のことを覚えていらっしゃいますか？」

眉頭が軽く上がり驚きを感じたようだが、「はい」と返事が返ってくる。おそらく彼らは私の『幼なじみ』に成りすますように伝えられているに違いない。

「山間の村で何年か一緒に過ごしましたね」

今度は少し間をおいて「ああ」と返事が返ってくる。思いがけない質問だったのだろうか――。嘘をつく時、人はとっさに応えることができないという。

「一緒に遊んだのは川だったかしら……」

「山だったような気がします」

ただ同意するだけでなく、あえて違う答えを回答することで、真実であるかのように聞こえる。そして山間の村にいたのだから、川ではなく山で遊んでいたとしても不思議ではない。この男性、少しは頭が回るようだ。

だが先ほどから感じていたが指に伝わってくる脈の振動は速くなっている。嘘をついている時、人は脈が速くなるものだ。

「その者か？」

楽しそうに私に背中から声をかけてきた瑛庚《エイコウ》様に私は優雅に振り返り首を横に振った。

「この方ではございません」

そう言って、再び男性に振り返り「ご協力ありがとうございました」と礼を伝えると、男はハーッと大きく息を吐く。皇帝の酔狂な遊びに付き合わされ、緊張していたのだろう。

「面白い方法で人の嘘を見抜くものだな」

そう感心する瑛庚《エイコウ》様に私は小さくため息をついた。先ほどの男性の気持ちは私が一番分かるような気がする。

「何度か会話を交わしたことがあり、日々の癖などが分かっている方でしたら、嘘を見抜くのは難しくないのですが、初めて会う方や久々に会う方の嘘はなかなか見極められぬ故、このような方法を取らせていただきました」

人には色々な癖がある。その癖を把握できたならば嘘を見抜くことも簡単だが、短時間のうちに相手を見極めなければいけないと難しくなってくる。そのためこうして触れてみるという方法をとったのだ。

同じ要領で三人の男性に質問をするが、やはり返ってくるのは『嘘』ばかりだった。

「最後に残った男が、そなたの『幼なじみか？』」

嬉しそうにそういう瑛庚《エイコウ》様を私は軽く睨みつけた。

「最後の方は質問しなくても分かります。宦官の耀世《ヨウセイ》様でございます」

最初に部屋に入ってきた時に彼が列の端に並んでいることは直ぐに分かった。おそらく耀世《ヨウセイ》様の服装と合わせるために最初の男性も官吏のような服装をさせられていたのだろう。

「ここには最初から私の『幼なじみ』はいなかったのですね」

『見つけた』というからにわかに期待したが、再び姑息《こそく》な手段を取られたことに軽く苛立ちを感じる。

「おらぬか――」

「はい。正直、気分がよくありませぬ」

「すまなんだ。実は、そなたの『幼なじみ』とやらは、今日は都合が合わなくてな。

ただ『今日』とそなたと約束したので、このような悪戯をしかけさせてもらった」

ハッキリと『悪戯』と言われて、さらに苛立ちが募る。そして本人は隠しているつもりのようだが「都合が合わなかった」と言った彼は明らかに嘘をついていた。

どんな理由があるのか分からなかったが、顔も覚えていない幼なじみが会いに来てくれなかった事実に静かな寂しさがこみあげてくる。そんな悲しみをぶつけるように静かに瑛庚《エイコウ》様の方へ向かった。

「以前も申し上げましたが、后妃様方のご出産が続き、帯の制作が立て込んでおります。このような悪趣味な遊び……お止めください」

と静かに伝える。この時点で私の怒りがようやく伝わったのだろうか、パタパタと慌てた様子で瑛庚《エイコウ》様が駆け寄ってきた。

「怒るな。怒るな。怒った顔も美しいが、笑顔の方が好きだ」

私を抱きしめるようにしてそう言う瑛庚《エイコウ》様の顔はデレデレとしているのだろう。周囲にいた人間からは驚きの声が聞こえてくる。

少しして列の端にいた耀世《ヨウセイ》が慌てて私達の間に入り、「皆の前です」と瑛庚《エイコウ》様を引きはがしてくれた。私から数歩離れた瞬間、瑛庚《エイコウ》様はパッと私の手を握り、軽く引き寄せた。今度は適度な距離感だったのだろうか……耀世《ヨウセイ》様も割って入ろうとはしない。

「会いに来てくれない『幼なじみ』などよりも私を『幼なじみ』にしてみてはどうだ？」

とんでもない申し出だが、どうやらかなり本気で言っているようだ。私は小さくため息をついて、根本的な問題点を指摘することにした。

「陛下、『幼なじみ』は幼少期に出会うものでございます」

第四章　甘い毒薬

「陛下から宮餅《きゆうへい》の贈り物でございます！」

林杏《リンシン》は部屋に入るなり高々とその包みを持ち上げ、そう言った。

「すごい！」

「陛下から個人的に贈り物を頂けるなんて」

私と作業をしていた助手の宮女らは口々に感動の声を上げるが私は、思わずゲンナリとした表情を浮かべてしまう。

「お願いだから大きな声で言わないでって言ったでしょ」

後宮では些細《ささい》なことがやっかみの対象となる。それが宮女対宮女の場合、公平に裁かれるかもしれないが、地位の高い后妃様が相手となると逆に私の地位が脅かされることも多々ある。

「いいんですよ！　蓮香様が陛下の寵愛を受けていることを知らない人間なんて後宮にはいませんよ」

初回のお渡り以降は、その事実を公にしているつもりはなかったが、陛下の動きを後宮にいる人間が把握していないわけはない。現に皇后様も釘を刺してきた程だ。

「しかも！　私達の分まであるんですよ～」

林杏《リンシン》が机の上にそれを置くと、宮女らはキャーと歓喜の声を上げる。

宮餅は中秋の名月を見ながら家族や恋人などと一緒に食べる物として知られている。小麦粉で作られた皮で餡《あん》が包まれており、その中にさらに栗などが入っていることもある、

ただ貴重な食材ばかり使われるということもあり、主に貴族が中心となって食べる菓子として有名だ。平民出の私からすると、その存在は知っていても食べる機会は滅多になかった。

「蓮香様にはこれを——と陛下から賜っております」

林杏《リンシン》は、私を機織り機から引きずり下ろすようにして長椅子の上に座らせると、宮餅を手の平の上にのせた。少し離れた場所からはお茶の香りも漂ってきており、どうやら勝手に休憩時間を始めるつもりらしい。

「そうね……。そろそろ休憩時間にしようと思っていたからちょうどいいわね。みんなも頂きましょう」

私は小さくため息をつきながら、手元の宮餅を半分に割る。正直に明かそう。この食べ物が何よりも好物なのだ。年によって練りこまれている物が異なるのも魅力的だ。去年は栗だったが、その前は杏子《あんず》だった。後宮に来て不便なことも多いが、年に一回配られる宮餅を食べると『後宮に来てよかった』と思わされる。

しかし陛下から贈られた宮餅には、栗の代わりに小さな紙きれが練りこまれていた。

「手紙……？」

私は宮餅をいったん、机の上に置いて中からその紙切れを取り出す。

「あ。お読みしましょうか？」

わざとらしく近づいてきた林杏《リンシン》は、どうやらその存在を知っていたらしい。だから最初に宮餅を私に手渡したのか……。

宮餅は家族や恋人と一緒に食べるだけでなく、贈り物として贈りあう風習もある。そして恋人などに宮餅を贈る場合、このようにして恋文などを忍ばせることが多いのだ。

おそらく陛下は后妃ら全員に文入りの宮餅を配っており、そのうちの一つが私の手元に渡ってきたに違いない。大方、林杏《リンシン》が無理を言って貰ってきたのだろう。

「一輪の濃艶蓮の香を凝らす。

借問す後宮誰か似るを得ん。

秋風ために愁吹き去らず。

蓮香ひとえによく怨みをひいて長し」

もう少しはっきりとした恋文が出てくると思ったのだろう林杏《リンシン》は、不思議そうに首をかしげる。あえてこれの意味を自分で解読するのが恥ずかしく、私も「難しいわね」と林杏《リンシン》に同調していると、部屋の入口から
「貴女は一輪の蓮の花の芳香を集めて、散らせないようにしているようだ。美人ぞろいの後宮であっても誰がその美しさで貴女に勝てようか。秋風が吹く季節だが、私の心にある愁いを吹き飛ばしてくれない。むしろ蓮の花の香を届けるため、私の胸に苦悩を思い起こさせるのだ」

と透き通るような耀世《ヨウセイ》様の声が聞こえてきた。

その解釈に林杏《リンシン》は「キャー」と黄色い悲鳴を上げる。

「儀式用の帯には詩を織り込むと聞いていたので、蓮香ならば容易に理解できると思っていたが……」

耀世《ヨウセイ》様に反論したかったが、あえて声に出されて読まれたのが恥ずかしく、赤くなった顔を背けるので精一杯だった。

◇◇◇

陛下が私の部屋へお渡りになる際は、その日の午前中には皇帝付きの宮女か宦官によって、あらかじめその来訪が知らされる。一般的に陛下がお渡りになられる場合、待つ方にもそれなりの準備が必要だからだろう。

ところがその日の夕方、瑛庚《エイコウ》様は何の知らせもなく、かといって宦官に変装することもなく私の部屋へお渡りになられた。

「何も聞くな」

そう言うと彼の定位置になりつつある長椅子に座り、頭を抱えた。浅い呼吸、彼にしては珍しく言葉数が少なかった。

「お茶はいかがですか?」

私は林杏《リンシン》が入れてくれたお茶を持って、彼の隣に座るとようやく瑛庚《エイコウ》様は顔を上げられた。おそらくこの部屋に来るまで、その心の動揺を悟られまいと必死で一日を過ごしていたに違いない。

彼はお茶を受け取ると側にあった机に置き、「ごめん」と短く言うと、振り向きざまに私を抱きしめた。

『ごめん』が何にかけられた言葉なのか分からず、私は思わず言葉を失う。

「新しく従二品の后妃となった蓉華《ようか》が毒殺されたんだ……」

大きなため息と共に吐き出された言葉に、ようやく彼が酷く疲れている理由を知ることとなった。

「俺は別に后妃なんて全員好きでも嫌いでもないんだよね」

とんでもない発言に私は思わず耳を疑う。

「でも国のためには世継ぎが必要だって分かっている。だから全員が仲良く機嫌よく子供を産めるよう努力をしてきたんだ。身分に応じた扱いをするし、定期的に物を贈ったり、甘い言葉だって囁いてきた」

后妃としても、皇帝から単なる「世継ぎを産む人間」と思われるよりも、そこに愛があると思う方が心穏やかだろう。

「この五年――。俺なりに頑張ってきたと思うんだ。だから后妃達も競い合ったり、誰かを虐《いじ》めたりなんて面倒なことは控えて欲しいんだよね」

大切な仕事に失敗した――というような瑛庚《エイコウ》様の口調はまるで小さな子供のようだ。

少し可哀想になり、おそるおそる彼の背中へ手を伸ばそうとした瞬間、「陽が落ちる前から何をしている!?」と慌てた様子で私の部屋に入ってくる耀世《ヨウセイ》様の声が聞こえてきた。

彼はズカズカと私達との距離を縮めると瑛庚《エイコウ》様を私から乱暴に引き離した。そんな耀世《ヨウセイ》様に瑛庚《エイコウ》様は小さく舌打ちした。

「耀世《ヨウセイ》こそ、後宮で何をしている」

瑛庚《エイコウ》様の不機嫌そうな口調を気にした様子もなく、耀世《ヨウセイ》様は私を瑛庚《エイコウ》様から引き離すと少し離れた椅子へ座らせる。

「陛下が予定なく蓮香の元へ渡ったと連絡があったからだ」

双子という気軽さからだろうか、耀世《ヨウセイ》様の声は静かな怒りが込められていた。

「それで外宮から後宮へ来たと――。で、事件は進展していないのか？」

「ああ。相変わらず犯人は『蓉華《ヨウカ》を殺してはいない』と無罪を訴えている」

先日の毒蛇事件で、従二品の后妃が二人亡くなり、それを補てんする形で新たに二人の后妃が誕生した。一人は従二品の一つ下の位にあたる正三品の后妃様が繰り上がり、もう一人は従一品の徳妃様付きの宮女が抜擢された。それが蓉華《ヨウカ》様だ。

「蓉華《ヨウカ》様は徳妃様からのご推薦で従二品になられた方でございますよね？」

「よく知っているね」

少し驚いた様子で瑛庚《エイコウ》様は長椅子から立ち上がった。

「蓮香は后妃の人事には全く興味がないと思っていた」

安直な瑛庚《エイコウ》様の発想に思わず苦笑する。『后妃になりたい』というような興味は皆無だが、もし正二品以上の后妃が誕生した場合、式典用の帯が必要になる。つまり私の仕事が増えるのだ。常にヒヤヒヤしながら後宮の人事には気を配っている。

「宮女が従二品に取り立てられたと、後宮では噂になっておりました」

一時、宮女からの大出世と彼女の話題で持ち切りになった時期もあった。

「徳妃の所へは、懐妊後も瑛庚《エイコウ》は足繁く渡っていたからな。その時に徳妃から推薦があった。

耀世《ヨウセイ》様がそう言うと、瑛庚《エイコウ》様は慌てた様子で「えぇ〜、なんでそんなこと言うんだよ」と耀世《ヨウセイ》様との距離を縮めた。

「耀世《ヨウセイ》の言い方だと、まるで毎日通っているみたいじゃないか」

「そう聞こえるか？」

焦った様子の瑛庚《エイコウ》様に対し、そう反論した耀世《ヨウセイ》様は飄々としており、どこかこのやり取りを楽しんでいるような気もした。少しすると私の存在を思い出したのか、瑛庚《エイコウ》様は慌てて私の元へ駆け寄り「夜を一緒に過ごすことはないんだよ？」と弁明する。

おそらく『蓮香以外のところに渡らない』と言っていたことを反古《ほご》にしたことが発覚

し、慌てているのだろう。だが私は笑顔で全く気にしていないことを伝える。

「後宮の主として素晴らしい行いでございますわ」

あのような言葉を真に受けていたわけではないし、気にも留めていないと彼に伝えたかった。むしろもう来ないでくれる方が助かるのだが……。勿論、その言葉は飲み込む。

「犯人は既に捕まっているんですよね？」

前回のように犯人が見つからず困惑しているというわけではないようだ。瑛庚《エイコウ》様が疲れていた理由が気になり、自分の口が滑るのを感じた。

「ああ……」

まるで苦い薬を吐き出すかのように瑛庚《エイコウ》様はつぶやく。できるならば、この事実に触れたくないのだろう。

「犯人は徳妃だ。既に幽閉している」

それを察したのか耀世《ヨウセイ》様がサラリと衝撃の事実を告げた。

「徳妃様が⁉」

現在正二品までの后妃様方十人は全員、妊娠中だがその中でも三番目に妊娠した后妃である徳妃様。陛下からの寵愛も厚い后妃として後宮では知られている。

「しかし今回は徳妃様からのご推薦があって、蓉華《ヨウカ》様は后妃になられたんですよね？」

皇帝の目に留まり、后妃付きの宮女が后妃として取り立てられることは、この国の歴史を振り返っても頻繁に起こっていることだ。そして嫉妬から后妃がその宮女に嫌がらせをする――というのもよくある話ではある。一方、自分の立場を強くするために自分付きの宮女を皇帝に推挙する后妃も少なからず存在する。

そして今回の蓉華《ヨウカ》様の件は、あくまでも后妃が推薦したため取り立てられており、どちらかというと後者の意味合いが強いはずだ。徳妃様が恨むはずはない――と考えるのが普通だろう。

「そうなんだよ。徳妃から『是非に――』と言われたから、機嫌を取るために后妃に取り立てたつもりだったんだけど……。俺の思慮が足りないばかりにこのようなことに」

言い訳をするように瑛庚《エイコウ》様はそう言うと、こぶしをギュッと握った。

「今、徳妃様は？」

「別室に軟禁している」

耀世《ヨウセイ》様の言葉に私は、なるほど、と頷く。本来、犯罪者は後宮の牢《ろう》へ収監されるのが一般的だ。だが従一品であるだけでなく、皇帝の子供を妊娠している后妃になると、そうもいかないらしい。

「徳妃様が本当に蓉華《ヨウカ》様を殺害されたのでしょうか？」

「それでは蓮香は徳妃が犯人ではないと？」

耀世《ヨウセイ》様の言葉に私は深く頷く。自分で推薦しておきながら、嫉妬で殺す……というのは、論理的な行動ではない。

「ただ確証がありませんので、徳妃様とお会いしてお話を聞くことはできないでしょうか」

「解決してくれるのか……」

瑛庚《エイコウ》様は助けを求めるように私の膝に縋《すが》りついた。ここまでくると本当に子供のようだ。私は「勿論です」と彼に微笑んで見せた。解決できる糸口はまだ見つかっていなかったが、これ以上彼らに私の部屋で騒いで欲しくなかったのだ。

「それでは、まず事件を整理させてください。なぜ徳妃様が犯人ということになったのでしょうか？」

私は徳妃様の部屋に向かう前に事件のあらましを二人から聞くことにした。

「手がかりはいくつもあったが、一番の決め手は毒物が仕込まれていた菓子が徳妃から贈られたものだった点だ」

そう言いながら耀世《ヨウセイ》様は私の二の腕を掴むようにして、誘導してくれる。無骨な手だが、腕に触れる感触はフンワリと優しいから不思議だ。

「この時期ですと宮餅でしょうか？」

「そう。その中に練り込まれていたみたいで、蓉華《ヨウカ》は半分食べた状態で絶命していたんだ」

私の質問の答えが返ってきたのは耀世《ヨウセイ》様とは反対側を歩く瑛庚《エイコウ》様からだった。

餡の中に何かしらの物を仕込むことを趣向としている宮餅。おそらく毒物を仕込むこともさほど難しい問題ではないだろう。そして毒物の半量が残りの宮餅から発見されたため毒殺と断定されたに違いない。

「次に注目されたのが、蓉華《ヨウカ》の遺書だった」

「遺書？　毒殺されたのにですか？」

自殺するならいざ知らず、苦しみにもがきながら遺書などしたためられるだろうか。

「そうなんだよ。だから最初は自殺ではないか……という声もあったんだけど、その遺書は徳妃が使っている特殊な香りのする墨を使っていたことと筆跡が似ていることから、徳妃がしたためたということになったんだ」

「その遺書をお貸しいただくことはできますでしょうか？」

「うん……衝撃的な内容だったから……」

そう言って瑛庚《エイコウ》様が懐から出した手紙からは微かに——本当に微かだが甘い香りが漂ってきた。

「遺書には『この世では想いを届けることができないようです。死後の世界でならあなたへこの想いが届くでしょうか』とある」

耀世《ヨウセイ》様は淡々とした口調で遺書の内容を読み上げてくださる。

彼からすれば瑛庚《エイコウ》様の女性関係に巻き込まれた形になるのだから、当然といえば当然かもしれない。

「陛下への恨み言が書かれた遺書という体で作成されておりますね」

「最初は形だけの后妃にしてしまい、蓉華《ヨウカ》に申し訳ないことをした……って反省させられたんだけど……」

あの遺書が陛下に対する蓉華《ヨウカ》様からの恨み言ならば、そんな自責の念が浮かぶのも自然だ。

「徳妃が書いたって分かって、彼女にこんなことをさせたのは俺の浅慮からだ……って思ったらさらに落ち込んだよ」

そう言った瑛庚《エイコウ》様の表情は見えないが、酷く気落ちしているのが伝わってきた。事件の概要を把握し私は小さくため息をついた。

彼らの話が真実ならば、まず私が向かう場所は徳妃様の部屋ではなく蓉華《ヨウカ》様の部屋だ。

「徳妃様にお会いする前に一度、蓉華《ヨウカ》様のお部屋に伺わせていただくことは可能でしょうか？」

「勿論だ。しかし既に遺体はないぞ」

耀世《ヨウセイ》様はそう言ってピタリと足を止めた。おそらく徳妃様がいる場所と蓉華《ヨウカ》様の部屋は別の方向にあるのだろう。案の定、くるりと反転し違う方向へと歩みだした。

「一つ確かめたいことがございます」

今回の騒動、私ならばもっと早くに気付くことができ、そして悲しい事件も起こらなかったのではないか……と思うと少し胸が痛くなった。

その部屋に入ると、線香の香りがムワッと私を包み込むのが分かった。おそらく蓉《ヨウ》華《カ》様が亡くなってから絶やすことなく線香が炷《た》かれているのだろう。

「まず探していただきたい物がございます。徳妃様から贈られた帯はございませんでしょうか？」

私の質問に蓉華《ヨウカ》様付きの宮女らが慌てた様子で部屋を探し始める。

「帯……？」

そんな喧騒の中、瑛庚《エイコウ》様は首を傾げる。確かに私が織っている帯の多くは尚儀局から依頼されて作る。徳妃様が蓉華《ヨウカ》様に贈った帯を私が織っていることを疑問に思われるのは当然だろう。

「実は半年前、徳妃様から帯のご依頼がございました」

「徳妃が？」

「はい。内密に帯を作って欲しいとのことでした」

「そなたは公的な依頼しか受けていないのでは……」

咎《とが》めるようにそう言った耀世《ヨウセイ》様の言葉に、私は半年前に起きた事件をため息まじりに説明することにした。

「実は半年前、林杏《リンシン》が徳妃様の着物を汚すという事件を起こしました。そのお詫びに帯を作製させていただいたのです」

廊下ですれ違った際、林杏《リンシン》の持っていたお茶が徳妃様の着物にかかってしまったのだという。林杏《リンシン》と共に謝罪に行くと、笑顔で「それならば帯を一本作っていただけないかしら」と依頼されたのだ。

「もしかして……これでございますか？」

宮女が持ってきた帯を触らせてもらい、私はやはり……と確信に至った。鶴が二羽仲睦《むつ》まじく寄り添う絵柄……半年前、仕事をやりくりしながら作り上げた帯だ。そして全く使われていない状態ということも指先から伝わってくる。

「これが、事件と関係あるのか？」

瑛庚《エイコウ》様は私の肩越しに不思議そうに尋ねた。帯を見れば何か分かると思ったのかもしれないが、謎を解く鍵は、そんなに分かりやすい場所には織り込まれていない。

「おそらく、これが全ての事件の発端ではないかと私は思っております」

徳妃様からのご依頼は簡単だった。

『正二品以上の后妃になる時に贈られるような帯を作って頂戴』

可愛らしい声で、なかなかの要求をするものだ……と絶句した記憶がある。

「それは――」

どういうことかと聞きたがる二人に笑顔を向けて、本来の目的地に行く旨を伝える。

私の推理が正しいか、確証を得るためには彼女の証言が欠かせないのだ。

「それでは……徳妃様の元に向かいましょう」

徳妃様が幽閉されている部屋に向かう足取りは、ここに向かう時よりも重くなっていた。なぜなら、これ以上誰かを悲しませないための選択肢はほとんど用意されていないからだ。

徳妃様が幽閉されている部屋の状態から、そこは牢に準ずる場所なのだということが伝わってきた。冷たい石床、隙間風、かび臭いにおいが漂っていることから窓が最小限しか存在しないか、あっても日当たりが非常に悪いのだろう。

「陛下――!!」

瑛庚《エイコウ》様が部屋に足を踏み入れた瞬間、寝台の上にいた徳妃様は転げ落ちるようにして入口に向かってきた。

「何かの間違いでございます。私が毒を盛るなど!! 今一度お調べくださいませ」

既に事件自体が瑛庚《エイコウ》様にとって、煩わしい存在になっているのだろう。瑛庚《エイコウ》様は冤《えん》罪《ざい》を訴える徳妃様から素早く顔を逸《そ》らす。

「陛下、直ぐに徳妃様を元のお部屋に戻して差し上げてくださいませ」

私は宮女らに押さえられている徳妃様に駆け寄り、その脈を確認する。徳妃様の側に行かないでも、いや……おそらく誰でも分かるだろう。この状況は彼女にとってもお腹にいる子供にとっても最悪な状況でしかない。

「罪を赦《ゆる》せというのか――」

その言葉の端々から困惑した様子が伝わってくる。

「確かに蓉華《ヨウカ》様がお亡くなりになった原因は徳妃様にあるといえますが――直接手にかけられた……という意味では無罪でございます」

「わ、妾が……蓉華《ヨウカ》を？」

直ぐ真横から徳妃様の殺気を感じる。確かに本人としてもそのように言われるのは不本意だろう。

「妾は――誰よりも蓉華《ヨウカ》の幸せを願っておった！　だからこそ、従二品の后妃に推挙したのではないか!!」

「ずっとその機会をうかがっていらっしゃったんですね」

「何故それを――」

「半年前に帯の制作をご依頼くださったではありませんか。おそらく皇帝から帯を贈られる正二品以上の后妃に据えるには、蓉華《ヨウカ》様には後ろ盾がなかったのでしょう。ならば従二品の后妃に――とお考えだったのではありませんか？」

正二品までの后妃は全員、有力貴族の娘か隣国の公女という場合が多い。そのため瑛庚《エイコウ》様は正二品までの后妃を平等に妊娠させる必要があるとも考えていたのだ。

徳妃様付きとはいえ、一介の宮女がその地位に就くのは難しいだろう。

「徳妃様は正二品までの后妃しか帯が授けられないことを知っていたので、蓉華《ヨウカ》様のために帯を用意しようと内々に画策されたんですね」

後宮の場合、一般的な男女のように婚姻の儀式は行わない。ただそれに代わるのが式典用の帯を授けられる瞬間だ。多くの后妃や宮女が集まる前で皇帝から帯を授けられ、その場で腰に巻かれる。

その時を夢みて后妃入りを願う宮女も多い。だが現実問題、宮女が正二品以上の后妃になることは例外中の例外だ。可能性があるとすれば、陛下からの寵愛を受けることが条件となる。

その可能性にかけ徳妃様は当初は何とかして蓉華《ヨウカ》様の正二品入りを画策されたのだろうが、思いの外、瑛庚《エイコウ》様は形式的にしか后妃に接してこなかった。瑛庚《エイコウ》様に入り込む隙がないと気づいた徳妃様にできたのは、空位になった従二品の后妃に蓉華《ヨウカ》様を据えることだけだった。

ただ従二品の后妃では、皇帝から帯を授けてもらうことはできない。だから徳妃様は、帯だけでも蓉華《ヨウカ》様に与えたかったに違いない。それが后妃としての最大の幸せだと信じて疑わずに……。

「そうじゃ！　妾は蓉華《ヨウカ》の幸せを願って、これまで色々な苦労をしてきた。それだけ大切に思っている蓉華《ヨウカ》を何故妾が殺さねばならぬ！　陛下、これは何者かによってはめられた罠《わな》なのでございます！！」

「ですが……それは本当に蓉華《ヨウカ》様にとって『幸せ』だったのでしょうか？」

「陛下の御前でよくそのようなことを申せるな‼」

徳妃様の怒りは、隣にいる私の肌に突き刺さるような勢いだ。幽閉生活で積もった苛立ちが全て私に向けられているのが伝わってくる。

「蓉華《ヨウカ》様は、徳妃様から贈られた帯を一度もお使いになられてはいらっしゃいませんでした。徳妃様にとっては『最大の喜び』かもしれませんが、蓉華《ヨウカ》様にとっては違っていたのではないでしょうか」

不敬だと言われるのが恐ろしいので決して口にしないが、私は後宮に入ってから一度も后妃になりたい——式典用の帯を巻きたい——と思ったことはない。后妃になったら機織りを続けられなくなるからだ。

蓉華《ヨウカ》様も同じ気持ちだったのではないだろうか。だから多くの宮女や后妃が憧れる帯を手にしても一度も使わなかったに違いない。そして彼女の場合、その理由は『徳妃様』なのだろう。

「これは、あくまでも推測でしかございませんが……。蓉華《ヨウカ》様は徳妃様をお慕いされていたのではないでしょうか」

「わ、妾を？」

突然明かされた事実に当たり前だが、徳妃様は毒気を抜かれたようだ。確かに突拍子もない話ではある。

「はい。徳妃様の犯行と決定づけられた遺書でございますが、あれは蓉華《ヨウカ》様がお書きになられたものと思います」

「しかし、あれは徳妃様しか使わない墨で書かれていたはず……。しかも筆跡も徳妃様の物だったぞ」

耀世《ヨウセイ》様の疑問は尤もだ。

「まず筆跡でございますが、陛下などに文をしたためる際、宮女が代筆することはよくございます。字が美しいことが前提で、宮女に代筆を依頼することもございますが、主の字を宮女が模倣して書くこともございます」

「つまり蓉華《ヨウカ》は、徳妃の筆跡を真似ることができたというわけだな」

瑛庚《エイコウ》様は私の意図することを理解したのか、「なるほど」と呟いた。

「左様でございます。さらに墨についてでございますが、徳妃様が本来ご使用されている墨は一ヶ月ほど香りが残るものでございますよね？」

「そうじゃ……。妾の地元で作られる特殊な墨を使用しておる」

後宮でも人気が高い徳妃様が愛用されていることから、一時期その墨を使用しようとする后妃が増えた。ただ滅多に手に入らない特殊な墨ということで、多くの后妃が悔しがったこともあった。

「ですが、遺書からは微かにしかその香りは漂ってきませんでした。つまりあの遺書が書かれたのは一ヶ月近く前の話……。蓉華《ヨウカ》様が徳妃様の宮女時代に書かれたものと考えるのが自然です」

宮女時代ならば、徳妃様やその周囲の目を欺いて遺書を作成することは容易にできるだろう。

「これも推測ではございますが……あの遺書は陛下ではなく徳妃様へ向けられた物なのではないでしょうか」

「妾に？」

「蓉華《ヨウカ》様は徳妃様のお側に仕えることを何よりの喜びと感じていらっしゃったのでし

ょう。しかし徳妃様からの推挙により后妃になることが決定し、帯まで贈られた……。しかも半年前からそれを用意していたことを知って、蓉華《ヨウカ》様は絶望されたに違いありません」

「妾が厄介払《やっかい》いをしたと……？」

「そう感じられても不思議ではないかと――」

一朝一夕で后妃の座を手にすることは難しい。徳妃様はさも偶然、陛下の目に蓉華《ヨウカ》様が留まったかのように演出していたが、それは長い年月をかけて計画されていたものだったのだろう。勿論、それは徳妃様の好意でしかないのだが蓉華《ヨウカ》様からすると長い年月をかけて厄介払いをされたと受け取ったに違いない。

そしてそんな絶望の中、蓉華《ヨウカ》様は自死という選択肢を選んだ。

「しかし、それならば何故、宮餅の半分に毒を仕込んだり、徳妃様の筆跡を真似て徳妃様から毒殺されたように見せかける必要があった？」

耀世《ヨウセイ》様から訝《いぶか》し気にそう言葉が投げかけられる。頭の回転は速いようだが、どうやらこの人は恋愛の機微には疎いらしい。

「それが一番、徳妃様の心に残る方法だからです。厄介払いされた以上、自殺しても相手に想いは伝わらない――ならば徳妃様に罪をかぶせることで自分の想いを伝えたかったのでしょう」

もし想いが伝わらなくても徳妃様を道連れにすることができれば本望だったのかもしれない。

「そんな――‼　そんなこと……なぜ……言ってくれなんだ……」

石床に突っ伏すようにして泣き叫ぶ徳妃様の背中をさすりながら私は小さくため息をつく。

「仰らなかったのは徳妃様も一緒ではございませんか――」

「妾は……」

「どういうことだ？」

今度は瑛庚《エイコウ》様が訝《いぶか》し気な様子でそう尋ねる。耀世《ヨウセイ》様と異なり色恋沙汰は得意な方だとは思っていたのだが、自分が関わらない恋愛事にはおそらく無頓着なのだろう。

「后妃様が就任される際、正二品の方々までに帯を贈られますが、帯の裏には陛下からのお言葉も一緒に織りこむのが通例となっております」

「あぁ、私は全員に『よき后妃であるように』と贈っている」

「左様でございます。しかし、一般的にはそれぞれの后妃様へ向けた愛や恋の詩を贈ることが多いといわれております」

一律『よき后妃であるように』という言葉が贈られると知った時、作業が簡単だと思う一方、后妃様方に思わず同情したのを覚えている。ただ表からは見えないだけでなく、その内容が誰からも伝えられていないのが唯一の救いだ……と自分を納得させ作業を進めていた。

「徳妃様は蓉華《ヨウカ》様に……恋の詩を贈られていました」

「そうじゃ……。後宮に入って一番心細かった時に支えてくれたのが蓉華《ヨウカ》だった……。毎日一緒に、どうやったら陛下の目を引くことができるか画策した。妊娠した時は誰よりも喜んでくれた――」

既に錯乱状態になっているのだろう。それが陛下の前ということを忘れて、徳妃様はポツポツと過去のことを話し始めた。

「だから、蓉華《ヨウカ》には一番に幸せになって欲しかった……。だが私の一存では後宮の外には出してやれぬ……いや……離れたくなかったのが一番かもしれぬ。だから考えたのじゃ……後宮の中で一番幸せになれる方法……それは后妃になることだと……」

「愛していらっしゃったのでございますのね？」

「あぁ……そうだ……陛下の子供を宿しているが……誰よりもあの者を愛していた……」

しかし残念ながら、この想いは蓉華《ヨウカ》様には伝わっていなかったのだ。

「愛していたのに……」

そう言いながら徳妃様は再び石床に突っ伏すように……まるで蓉華《ヨウカ》様のご遺体に縋りつくかのように泣き始められた。


「最初から俺は蚊帳《かや》の外だったとはね」

その日の夜、改めて正式な皇帝の『お渡り』という形で、私の部屋を訪れた瑛庚《エイコウ》様はそう言って大きくため息をついた。私は無言で彼の横に座り、林杏《リンシン》が用意してくれたお茶を差し出す。

今回はちびちびと舐《な》めるようにして飲みながら瑛庚《エイコウ》様は、再び大きくため息をついた。后妃の一人が自殺したという結果だったが、どこか肩の荷が下りたといった様子だった。

「制作した帯がどのように使われるかが分かっていれば、中に書かれている言葉をお伝えすることもできたのですが……」

それができていれば今回のような事件は起きていなかったに違いない。だが、それが蓉華《ヨウカ》様に贈られていたことも今回の事件が起こって初めて知ったぐらいだ。

「でも……瑛庚《エイコウ》様、『よき后妃であるように』と一律で贈られるのは、いかがなものでしょうか」

私は姿勢を正して瑛庚《エイコウ》様にそう進言する。いつか機会があれば言ってやろうと思っていたのだ。勿論、こんな形でその願望が叶うとは全く想像はしていなかったが……。

「実は、俺も贈った後に一律で書かれていることを知ったんだ」

「それでは耀世《ヨウセイ》様がご手配を？」

「そうそう。『相手が誰か分からないのに愛の詩を贈るのは不謹慎だ』とか言い出してね」

皇后様以外は瑛庚《エイコウ》様が皇帝に即位した時に、一斉に后妃様が即位されている。皇帝自ら詩を詠む暇などなかったのだろう。

「真面目そうですもんね……」

心がない相手に『恋の歌を詠む』という行為だけでも耀世《ヨウセイ》様にとっては不謹慎になるとは——あまりにも不器用な生き方に思わず苦笑しそうになる。そんな私の意識を引き戻すように瑛庚《エイコウ》様は私の手を強めに引き寄せる。

「蓮香にだけ愛の詩を贈るよ」

そう言って瑛庚《エイコウ》様は、私の手に宮餅をソッと握らせた。

「蓮香へ贈る記念すべき一個目の宮餅だ」

「え……？　一個目？」

私は手の平に握らされた宮餅の形を指でなぞりながら、重大な事実を知ることとなった。これが瑛庚《エイコウ》様から初めて贈られる宮餅ということは、先日、贈られた宮餅は耀《ヨウ》世《セイ》様からの物ということなのだろうか。

「え？　何？　ちょっと待って。もしかして耀世《ヨウセイ》からもう受け取っていたりするの？」

『耀世《ヨウセイ》』という単語が、あの日爽やかな声で詩を詠み上げた彼を思い出させた。『恋の歌を詠む』ことを不謹慎に想う彼が詠んだのか……と考えると、耳まで真っ赤になるのを感じた。

「ちょっと、蓮香、真っ赤だよ？　そんな詩をあいつが贈ったの？　あの堅物が？　え？　どんなの？　見せて？」

「も、もう捨てました」

とんだ墓穴を掘ったことを知り私は慌てて顔を背けながら、懐にしまっていたあの日贈られた手紙を落とすまいと胸元を押さえるので精いっぱいだった。

◇◇◇

「今回もそちの活躍で事件が解決したと聞いたぞ」

私は全く味のしないお茶をいただきながら、この奇妙な状況について考えていた。私の目の前には皇后・薇瑜《ビユ》様が座っており、私はその前でお茶をいただいている。本当にお茶の味がないのか緊張で味がしないのかは疑問だが、薇瑜《ビユ》様は顔色一つ変えずに飲んでいるので、おそらく後者が正解なのだろう。

「徳妃の罪を晴らしてくれて——妾からも感謝の気持ちを伝えたくてな……こうして招待したのじゃ」

「ありがたきお言葉にございます」

そう言われると返す言葉はこれしかない。

「して、陛下からそちの好物は宮餅と聞いてな。用意させたのじゃ。よかったら持っていっておくれ」

薇瑜《ビユ》様がそういうと、控えていた宮女が私の膝の上に乱暴に籠を置いた。その籠の中からは薄っすらとカビの匂いが漂ってくる。

「本当は中秋の名月までに贈りたかったのじゃが、陛下からのお渡りがあると聞いてのう。遅くなってしもうた。ほんに済まん」

薇瑜《ビユ》様ほどの立場ならば改めて宮餅を作らせることも可能だろう。だがあえてこの宮餅を渡してきたとなると、色々な意味が込められていることが伝わってきた。

「もしよかったら、ここで食べておくれ」

「お褒めのお言葉だけでなく、褒美までいただき誠にありがとうございます」

どうしたら、この場で食べなくて済むかを頭の中で必死に考えながらも私はゆっくりと感謝の言葉を口にする。

「気にするではない。それに褒美はまだあるのじゃよ」

その言葉に『食べなくて済んだ』という安堵感を感じると同時に、カビた宮餅以外の褒美の存在が知らされ思わず身構える。

「そちの名推理は素晴らしかったが——一つ気になることがあったのではないかえ？」

「毒の出どころでしょうか」

徳妃様の冤罪を晴らすことだけに集中していたので、あえて触れなかったが確かに一番の問題は毒の出どころともいえるだろう。大きな後ろ盾もなく、地方貴族出身の蓉華《ヨウカ》様がどのようにして後宮に毒を持ち込んだのかは大きな謎だった。

ただ『自殺』と断定されたことにより、その出どころについては深く追及されることはなかった。だが、そもそもあの毒さえなければ、悲しい事件は起こらなかったに違いない。

「そちは賢いのぉ～。トントンと話が進むからほんに楽しい」

「皇后様はご存知なのでしょうか」

「知っているも何もあれはな、妾が用意したものなのじゃ」

突然の告白に私は思わず耳を疑う。

「宮女と違って后妃に一度召し上げられると、簡単には後宮を出ることができない。だから妾は新たに后妃になる人物には毒を贈っているのじゃ」

宮女もだが、より『皇帝の物』に近いのが后妃だ。そのため一度后妃になると罪を犯した時、死んだ時、誰かに褒美として与えられる時……など限定的な状況でしか後宮を出ることは許されない。

「人としての尊厳を守るためには……時には毒が必要となるのじゃよ。まぁ、蓉華《ヨウカ》の場合、使い方を間違えたような気もするがのぉ」

その声色は罪を告白する人間のそれではなかった。まるでとっておきの香水を贈った——というような気軽な響きにゾッとさせられる。得体のしれない大きな何かに身を包まれるような恐怖に支配され始めた時、廊下の遠くから
「お待ちください」

「いましばらく」

　と必死に部屋への侵入を押しとどめようとする宮女らの声が聞こえてきた。その喧噪に気付くと、薇瑜《ビユ》様は聞こえるようにチッと大きく舌打ちする。それと同時に部屋の扉が乱暴に開けられ

「蓮香‼　無事か！！！」

という声が部屋に響いた。その声の主が耀世《ヨウセイ》様と分かり私は思わず顔の強張りが緩む。どうやら私が皇后様の部屋に連れてこられたことを聞き、皇帝の姿になって助けに来てくれたのだろう。

「陛下、無事とは人聞きの悪いですわ」

　先ほどの気迫はどこかに消え、フンワリとした香りが漂ってくる。音もなく椅子から立ち上がったのだろう。私も立ち上がると、床に膝をつき耀世《ヨウセイ》様の足音がした方向に向かって跪礼《きれい》の体勢を取る。

「林杏《リンシン》は皇后の宮女に蓮香が連れ去られたと申していたが――」

「確かに部屋へお連れする際には、蓮香に手をお貸しするよう宮女らには申し付けましたが……まるで人さらいのような言い方――。薇瑜《ビユ》は悲しゅうございますわ」

　まるで今にも泣きそうな勢いで耀世《ヨウセイ》様に薇瑜《ビユ》様が縋りつく音がする。しかし、それを全く気にした様子もなく耀世《ヨウセイ》様は言葉を続けた。

「このようなカビた宮餅を食わそうとしていたではないか！」

やはり傍目から見てもハッキリと分かるレベルでカビていたのか……と思うと、あの場で触らなくて本当によかったと自分の判断に感謝をしたかった。

「これは蓮香が『あまっている宮餅をいただきますよ』と仰ってくださったので、お言葉に甘えただけですわ」

「そうなのか……」

「はい──。皇后様の仰る通りでございます。カビた宮餅でもカビを取り除き、餡の部分だけを粥《かゆ》と煮ますと美味しく食べることができます。そこで後宮で一番宮餅が贈られてくる皇后様にお裾分けをお願いいたしました」

とっさに出た言葉だが、我ながら上手い言い訳だ。そんなことを言いながら耀世《ヨウセイ》様に『ここは穏便に片づけてくれ』と必死で心の中で願っていた。

「分かった。宮餅も貰ったようだし、もういいな？」

切実な私の願いが通じたのだろうか。苛立ちを隠せていない様子だが耀世《ヨウセイ》様はそう言うと私の腕をつかみその場に立たせた。

「蓮香の部屋へは私が送る。そして次回から蓮香を呼び出す時は私にも伝えるよう」

耀世《ヨウセイ》様に引きずられるようにして部屋を出ようとする中、背中に「ほんにご寵愛が厚いことで――」と小さな薇瑜《ビユ》様の声が投げかけられた。それは本当に小さな小さな声だったので、おそらく私の耳にしか届いていなかったに違いない……。

第五章　悪夢を伝える吉報

「また幽霊が出たんですよ！！！」

林杏《リンシン》の悲鳴に似た叫び声を聞かされ、私は大きくため息をついた。彼女の話をただ聞かされるならいい。だが、今日は「大切な話があるんです」と現場についてから、この告白を受けた。

「まず『また』っていうのは違うんじゃない？　最初の『幽霊』は幽霊じゃないわよね」

皇后様に扮した宮女を幽霊として見間違えたが、あれはあくまでも『幽霊』ではなく『幽霊』に扮した宮女を見ただけだ。

「いえ、今回は絶対、幽霊でした！」

興奮した様子でそういう林杏《リンシン》に私は静かに頷く。どうやら話を最後まで聞かなければ部屋へは帰らせてくれないつもりらしい。

「そう……。それでどこで見たの？」

「この井戸です」

私が話半分にしか聞いていないのを察したのだろう。林杏《リンシン》はムキになってそう主張する。

「い、井戸ねぇ？」

この井戸は宴会場に一番近い井戸だ。過去に何か事件があったというようないわく付きの井戸というわけではない。

「ここの井戸って少し高さが低いから周辺に壺を置いちゃダメって決まっているじゃないですか」

「それなのに置き忘れてきたわけね」

仕事はテキパキこなす林杏《リンシン》だが、守らなければいけない規則などを直ぐに忘れてしまうため、叱責されることが多い。

「そうなんです！　別の仕事をしていたのにワザワザ取りに行かされたんですよ。そしたら出たんです！　最初は正二品様付きの宮女の誰かかと思ったんですけど、あんな子みたことありませんもん」

「ここって、正二品の后妃様方がお住まいの部屋の直ぐ側よね？」

私はそう言って手探りで、井戸から五歩ほど歩いた先にある灯篭《とうろう》に触れた。獅子《しし》のような造形をしており、その方向からすると反対側にも同じものがあるのだろう。三歩ほど左側に移動すると案の定、獅子の形をした灯篭に触れることができた。この二つの灯篭の先が正二品の后妃らの居住区域だろう。

後宮には千二百人の女性が生活しているというが、その大半は下働きをする宮女である。そのため、その中に知らない顔が紛れ込んでいても不思議ではない。だが正二品付きの宮女の数は知れており、それを林杏《リンシン》は全員分把握しているという。

「でも、なんだって、こんな場所に行っていたの？　私の部屋からずいぶん離れているわよね？」

「ちょっと！　蓮香《レンカ》様！　ひどいじゃありませんか‼　明日開かれる紅花《ホンファ》様のご出産祝いのために駆り出されたの忘れちゃったんですか？　重い物ばっかり運ばされて大変だったんですよ～」

帯を織る仕事を担っているが私が所属するのは儀式や式典などを執り行う尚儀局。私の身の回りの世話をしてくれる林杏《リンシン》もまた同じ局に所属しており、今回のような大規模な祝宴などが行われる際、人手が足りないと駆り出されることもしばしばある。

「尚儀局って、もっと華やかなイメージがあったんですけどね～。美味しい食事ができて、お酒が飲めて……。配属された時は運がいいなぁ～なんて思っていましたけど、見当違いでした」

放っておくと林杏《リンシン》の愚痴は延々と続きそうなので、私は話を再び戻すことにした。

「それで霊だと思ったのには、何か理由があるのよね？」

見知らぬ宮女を見たからといって、即『霊』と断定してしまうのは、あまりにも短慮な気がする。

「それが！　遠目からですけど、何やら恨めしそうな顔をして宴会場の方を見ていたんですが、次の瞬間、スッと消えていったんです」

「消えた……ねぇ」

あまりにも根拠のない理由に思わずため息が出てくる。幽霊ではなくても、その場で消える方法はいくらでもありそうだが……。

「そ、それだけじゃないんですよ‼」

私の反応に気を悪くしたのだろう。林杏《リンシン》は意地になった様子で声高に叫ぶ。

「紅花《ホンファ》様のお子様が誕生されるちょっと前から、井戸のあたりでは赤子の泣き声がしていたって噂があるんです。きっと戦乱の世の時に井戸に捨てられた赤子とその母親の霊がさまよっているんじゃないかって思うんですよ！」

「ね？　怖いですよね？」と言わんばかりの調子で語られると、怖さが半減するから不思議だ。

「まず、その話は矛盾しているわね」

「といいますと?」

「戦乱の世は確かにあったけど、この後宮は戦禍を被ったことはないわ。だから今も昔も井戸に赤子を捨てられた后妃はいない。それに万が一いたとしても子をなしている以上、宮女の格好をしているというのは変よね？」

寵愛を受けているだけならば宮女の身分ということもありえるが、さすがに子をなしてまでも后妃にしない……というのは無理がある。おそらく祝い酒を盗み飲みした林杏《リンシン》が見間違えたに違いない。

「林杏《リンシン》、もっと怖い事実を教えてさしあげましょうか？」

「え？　もっと？」

「徳妃様が産気づかれたって噂なのよ」

私の言葉に林杏《リンシン》は不思議そうに首を傾げる。確かにこれだけ聞くと非常におめでたい話でしかない。

「予定よりもずいぶん早いじゃないですか。やっぱり先日の幽閉が体調に影響したんですかね……」

のんきに徳妃様の体調を心配する彼女は、まだ重大な事実に気付いていないらしい。

「そうなの。予定よりも二ヶ月も早いからね。だからね――、まだ帯が半分しかできていないのよ」

帯が授与される式典は、子供が生まれてから二週間以内に執り行われるのが一般的だ。それまでに「できていなかった」というわけにはいかない。私の説明にようやく事態に気付いたのだろう。林杏《リンシン》は「ひぃぃぃ‼」とこの世のものとは思えない悲鳴を上げた。

◇◇◇

「瑛庚《エイコウ》様……。さすがに今日、ここにいらっしゃるのはどうかと思います」

私の部屋の長椅子の上でくつろぐ瑛庚《エイコウ》様を前に、思わず本音を呟いてしまった。

「確かに既に五人もお子様がいらっしゃり感動は薄いのかもしれませんが、さすがに……さすがに今日ばかりは紅花《ホンファ》様の側にいて差し上げるか、誰のところにもお渡りになられないのが筋ではないでしょうか」

今日は紅花《ホンファ》様のお子様誕生を祝う宴が開かれた。もちろん宮女である私は仕事に追われていたこともあって招待すらされていないし、仕事がなかったとしても招待されるような関係でも身分でもない。ただ林杏《リンシン》は一日中、駆り出されていたらしく深夜を回った今もまだ部屋には戻ってきていない。

「あまり実感が湧かないんだよ」

瑛庚《エイコウ》様のとんでもない言い草に思わず頭にきてしまう。確かに男性は子供を産むという経験がないため、突然目の前に赤子を突き付けられた状態だろう。

だが『実感が湧かない』という言葉は、出産した本人が居ない場であっても口にするべきではないと思う。

「瑛庚《エイコウ》様……それはあまりにも……」

「怒らないで怒らないで。言葉が足りなかったよね。今回、紅花《ホンファ》のお産はちょっと変わっていてさ……。出身部族の伝統的な方法で出産したいって言い出して――。なんでも水中で産むらしくてね。宮医すらも締め出された状態での出産だったんだよね」

紅花《ホンファ》様は北方の少数民族の族長の娘だ。話にしか聞いたことはないが、着る物、食べる物など色々な文化の違いがあるらしい。現に後宮に入られた時、私が織った帯を「こんな帯は嫌だ」と泣いて投げつけられたほどだ。

文化の違いだけではなく、そのキツイ性格もまた彼女の人生を生きにくくしているに違いない。

「実は、今日初めて赤子と対面したんだ」

一般男性ではないので出産直後に赤子と対面しないのは当たり前だが、二週間後の式典で初めて顔を合わすというのも不思議な話だ。

「だからといって……」

瑛庚《エイコウ》様が『子供の誕生』よりも『文化の違い』に困惑していると分かり、反論する言葉に力が入らなくなってくる。

「蓮香は優しいな……」

そう言って突如手を引かれ、そのまま瑛庚《エイコウ》様の隣に座らされる。ほぼ抱きしめられるような距離感に、慌てて「だ……ダメです……」と彼の胸を強く押し返す。

しかし私の非力な腕力ではあまり効果がなかったらしく、逆にいつの間にか背中に回された手が二人の距離を縮める。『口づけされる……』と覚悟を決めた瞬間、遠くからつんざくような悲鳴が聞こえてきた。

その声を合図にするように私は瑛庚《エイコウ》様の胸を精いっぱい押して離れた。

「な、何かあったみたいです」

「だな」

その声には先ほどまでの柔らかい雰囲気はなく、皇帝としての彼に戻っているのが伝わってきた。あまりの切り替えの早さに感心する。少しすると肩で息をした耀世《ヨウセイ》様が部屋の中に「失礼いたします‼」と駆け込んできた。そして、とんでもない事実を伝えた。

「紅花《ホンファ》付きの宮女が宴会場の側の井戸に転落し、亡くなった！」

耀世《ヨウセイ》様の話によるとこうだ。

宴会が終わり、宮女らが残り物で勝手に二次会を開いていたらしい。すると井戸のあたりから悲鳴と共に壺が割れる音がしたので、行ってみると井戸の中には紅花《ホンファ》様付きの宮女が浮かんでいたという。

最初は転落しただけかと助けようとしたらしい。だが運悪く井戸に落ちる途中でどこかに頭を打ったのか引き上げた時には頭の一部が潰れて、絶命していたのだとか。

今日の昼、林杏《リンシン》と訪れたばかりの場所ということもあり、サーッと背筋が冷たくなるのを感じた。

「このような時に……」

耀世《ヨウセイ》様の報告を受けて、瑛庚《エイコウ》様は苦虫をつぶすような声でそういう。

「その井戸は紅花《ホンファ》の部屋から一番近い井戸だな……」

「そうだ」

そう言われて彼の苦悩の理由がようやく理解できた。

紅花《ホンファ》様の部族では八卦を何よりも大切にするらしい。後宮に入られた時も「家相が悪い」と大騒ぎして部屋を替えるよう嘆願されたほどだ（最終的に専門の局によって、後宮全体で見た時に家相はいいということを伝えられ納得していた）。今回の事件を受けて、生まれたばかりのお子様のために部屋を移転したいと言い出しかねないだろう。

「今すぐに部屋を替えてくださいませ！！！」

苦悩に満ちた声で『ついてきてほしい』という瑛庚《エイコウ》様に連れられて渋々正二品・紅《ホン》花《ファ》様の部屋に行くと、半狂乱になって泣き叫ぶ部屋の主の姿があった。確かにこの現場に一人で踏み込むのは、なかなか勇気がいるだろう。

「蓮香、こっちが現場だ」

惨状を目の当たりにして声を出せずにいる私達の背後から、耀世《ヨウセイ》様はこっそりとそう言って私の手を引く。どうやらこれに関わらない方がよいと判断したのだろう。耀《ヨウ》世《セイ》様らしい機転に感謝しつつ、紅花《ホンファ》様の部屋から静かに退散することにした。

林杏《リンシン》と来た時とは逆の方向から現場に向かうことになる。

昼間も「正二品の后妃の居住区域と近い」と感じていたが、井戸は紅花《ホンファ》様の部屋から数十歩の位置にあった。昼間にも触った灯篭に触れながら、思わず「驚くぐらい直ぐ側ですね」と呟いてしまった。

「紅花《ホンファ》が後宮に入った時は、血相を替えて部屋を変えてくれと言っていたが……。これは確かに近すぎる」

作業場としての目的もある私の部屋からは井戸は比較的近いが、それでも往復五分以上はかかる。機織り機が湿気を嫌う性質上、近すぎると弊害があるため仕方ないのだが、林杏《リンシン》は気に入らないらしく『もっと近い部屋に移動したい』と事あるごとに愚痴っている。

「問題の井戸がこっちだ」

そう言って耀世《ヨウセイ》様に手を引かれて、井戸にたどり着くと妙な違和感を覚える。

「暗くてほとんど見え——いや、足元が悪いから気を付けろ」

目が見えない私を気遣って耀世《ヨウセイ》様はそう言いなおす。おそらく周辺には灯りらしい灯りが存在しないのだろう。耀世《ヨウセイ》様の一歩一歩確かめるように踏み出している足音を聞くと、目が見える彼でも手探りでたどり着くような暗さの場所に違いない。

「落ちるなよ」

そう言った耀世《ヨウセイ》様は背後から抱えるようにして、私の手を井戸の縁に置いた。そっと井戸に軽く身を乗り出してみると、遠くから微かに水の音が聞こえてくる。微かにだが下から吹き上げる風が頬に気持ちいい。

「壺が割れる音がしたということですが——」

「ああ。宴会場での作業を指揮していたからな。悲鳴と壺が割れる音をハッキリと聞いた」

耀世《ヨウセイ》様は影武者だが、皇帝の側近宦官としての役割を果たさなければいけないのだろう。そのため深夜まで働かされている彼の現状に軽く同情の気持ちが湧いてくる。

「割れた壺は……」

足元の感覚からすると、周辺には割れた壺の破片は転がっていないのだろう。誰かが片付けたのかと思うと、意外な返答が返ってきた。

「井戸の中だ」

「い、井戸の？」

井戸の中に人が落ちる音がするのは分かるが、水の中に壺が落ちてその音が周辺へ響くだろうか。

「ここの井戸は特別水量が少ないのでしょうか？」

「いや、そういうわけでは――」

私の言葉を否定しかけてから、耀世《ヨウセイ》様は「おや」と首を傾げた。

「おかしいな。ずいぶん、水が少ない」

水の音が遠いのは単に井戸が深いだけでなく、水が少ないことも影響しているのかもしれない。

「死んだ宮女には争った跡や着衣の乱れはなかった。周囲の女官達は『井戸に住む幽霊が引きずり込んだ』と騒いでいるが……」

林杏《リンシン》以外にも幽霊が出たという目撃者がいることに驚かされた。その正体が幽霊か人間かは別として、少なくとも目撃されているのは一度や二度ではないということだろう。

私は井戸から再び灯篭へ向かって歩く。一度触れたものの位置関係を覚えておくことで、こうして私は暗闇の中でも問題なく歩けるのだが……。先ほど覚えた違和感の正体に気付き私は大きく息を吸い込む。

「そのことですけど瑛庚《エイコウ》様に、お話ししなければいけないことがあります」

「犯人が分かったのか？」

少し明るくなった耀世《ヨウセイ》様の声に胸が小さく痛むのを感じた。后妃付きの宮女の死を解明することで彼らの気持ちを少しでも楽にできれば——と現場に来てみたが、この事実はおそらく彼らをより苦しめるに違いない。

それと同時に、どのように真実を伝えれば被害が少なくなるのだろうか……と喧騒が漂う夜風の香りを感じながら考え始めた。


「今回の事件は犯人はおりません。事故でございます」

井戸まで来た瑛庚《エイコウ》様にそう伝えると、彼は「そうか——」と安堵のため息を漏らす。

その声に私は罪悪感でさらに胸が締め付けられるのを感じた。

「ただ仕組まれた事故という点では間接的な『殺人』という側面もあります」

「仕組まれた？」

私の横にいた耀世《ヨウセイ》様が、そう聞き返す。

「井戸の周辺は夜になると非常に見通しが悪くなる場所だと伺いました。おそらく宮女の皆様は、夜になると手さぐり状態で井戸まで歩かれていたのではございませんか？」

「ええ、灯りはついていませんが、そこの石灯篭を最後の目印にしています」

紅花《ホンファ》様付きの宮女がそう言う。目が見える人でも、慣れ親しんだ場所の位置関係は体が自然と覚えているものだ。だが、その位置が変わっていたらどうだろうか？

「紅花《ホンファ》様付きの宮女ということで、本日の宴会ではある程度飲酒されたのではないでしょうか」

「確かに紅花《ホンファ》様が部屋に戻ってから、酒壺を二個、部屋付きの宮女らが持ち帰っていたな」

耀世《ヨウセイ》様の証言にその場にいた宮女らは渋々といった様子で頷く。十人もいない部屋付きの宮女らで酒壺を二個飲み干したらどうなるだろうか……。おそらく足元もおぼつかない状態だったに違いない。その状態で何時ものように井戸を使用したため、井戸に落ちたのだろう。

「酔った挙句、我が子の祝宴をあの者は邪魔したということか！！」

部屋を出た瑛庚《エイコウ》様をおいかけてきたのだろう。唸るような声で紅花《ホンファ》様はそう叫んだ。ハッキリと悪意を向ける先が決まり、彼女の怒りは頂点に達したようだ。なかなかの名演技だと思いながら私は小さく息を吐く。

「その宮女に水を汲みに行くように指示されたのは紅花《ホンファ》様ですよね？」

「確かに……気分が悪いからと水を汲みに行くよう指示されました」

無言の紅花《ホンファ》様に代わり口を開いたのは部屋付きの宮女の一人だ。

「でも私達が祝杯をあげている時も水をご希望されたんですけど、紅花《ホンファ》様は私達を気遣って自ら井戸に行ってくださったんですよ」

瑛庚《エイコウ》様の前ということもあり『お優しい所があるんですよ！』と言わんばかりの口調だ。

「問題は水を汲みに行かせたことではございません」

宮女の見当違いの擁護を私は否定する。

「最初に紅花《ホンファ》様が井戸に向かわれた時、この灯篭を半歩分動かされていませんか？」

先ほど感じた違和感は灯篭から井戸への歩数だった。昼間に林杏と訪れた時は灯篭から井戸まで五歩の距離だったが、今は四歩半へと変わっている。

「体の感覚を頼りにして、井戸までたどり着かれた宮女は、半歩前へ足を踏み出そうとして井戸に引っかかり転落してしまったのではないでしょうか」

私は無意識のうちに初めて訪れる場所では目標を決め、そこまでの歩数を数えている。そのため二度目に訪れる時は誰かに手を引いてもらわなくても歩けることが多い。

暗闇が広がる場所では、多くの人が無意識に同じことを実践している。例えば夜中に手水《ちょうず》に行く際、扉の位置、手洗い場などその位置関係を体が覚えているため、たとえ寝ぼけ眼《まなこ》でも利用できる。林杏《リンシン》など、灯りを付けるのが面倒という単純な理由で夜中は暗闇の中、手水を利用するという。

亡くなった宮女も同じことを実践したのではないだろうか。酔っていたこともあり、灯りを付けずに井戸まで行き、体が覚えていた感覚で利用したところ目測が異なっていたため、井戸に転落してしまったのだ。

「何故、私だと？　こんな灯篭、誰だって動かせる」

紅花《ホンファ》様の反論はもっともだ。確かに誰でも動かせるが――。

「紅花《ホンファ》様は、この灯篭が動かせるとご存知だったんですね」

一般的な灯篭は倒壊を防ぐため、地中に埋めるようにして設置してある。勿論、動かそうと思えば動かせるが、普通の女子の力では動かせない。

「私は存じ上げませんでしたが……。皆様はご存知で？」

紅花《ホンファ》様付きの宮女らに、そう尋ねると全員一斉に首を横に振る。

「普通はご存知ないですよね。この灯篭が動くなんて。そして、それによって井戸の中の水が減る……という仕掛けになっているなんて」

「何故、それを――」

叫ぶようにしてそう言いかけ、ハッとした様子で紅花《ホンファ》様が自分の口元を押さえる音が聞こえた。

先ほどまでの『推察』が『確信』へと変わる。

昼間来た時とは明らかに減っている水位。だからこそ、遺体の損壊が激しく、井戸で壺が割れる音も周囲に響いたのだろう。

干ばつがあったわけでも、水を大量に使ったわけでもなく、不自然に減るということは、作為的な何かが起こったからだ。そして、昼間と大きく変化しているのは灯篭だけ。

「でも、こんな大掛かりな仕掛けを作っていたとして……、何だって水を減らさなきゃいけないんですか？　汲むのが大変になるだけですよね？」

紅花《ホンファ》様付きの宮女が不思議そうに呟く。確かに井戸の水は汲み上げる距離が遠いほど重労働になる。「灯篭を動かすだけ」と話したが、おそろしく複雑な仕掛けが地面には施されているのだろう。

「あくまで推測ですけど――あえて水位を減らす理由は、後宮から脱出するための通路を使用できるようにするためじゃないですか？」

大きな城には有事の際、身分の高い人間が逃げ出せるような隠し通路が用意されているものだ。ただ隠し通路自体が分かりやすい場所に存在しては追手にも利用されてしまうため、このように分かりにくい装置が作られたのだろう。

「これほど重大な事実、ご存知なのは正二品の后妃である紅花《ホンファ》様だけではないでしょうか？」

「だ、だから何？」

紅花《ホンファ》様の声は微かに震えているが、まだ完全に諦めた様子はない。

「確かに灯篭に触れてしまい少しずれてしまったかもしれないわ？　でも何が悪いの？　宮女風情が偉そうに誰に向かってものを言っているの‼」

人が一人死んでいる事故だが、あくまでも『不幸な事故』だ。だから瑛庚《エイコウ》様が来た時点で「殺人」とは宣言しなかった。

「宮女が一人二人死んだって大きな問題ではありませんね」

凛《りん》とした声に紅花《ホンファ》様は私から離れると、慌てて地面に膝をつく。声の主は赤子を抱いた皇后・薇瑜《ビユ》様だった。薇瑜《ビユ》様の突然の登場に私も同じように膝をついて跪礼《きれい》の体勢を取った。

「騒がしいから来てみれば……蓮香が名推理を披露していたので、思わず聞き入ってしまいました。でも蓮香、それでは詰めが甘いのではないかえ？」

その言葉に私の背中に冷たい汗が流れるのを感じた。陛下が目の前にいるということもあり、優雅な言葉遣いをされる薇瑜《ビユ》様だが、やはり言葉の端々から凄みを感じるから不思議だ。

「私、不思議でしたのよ。水の中で出産するなんて方法を北の部族が行っているなんて聞いたことがございませんでしたからね」

「我が村は少数民族で北方の中でも特殊な文化を持っておりまして……」

先ほどとは打って変わって弱気になった紅花《ホンファ》様の言い訳を薇瑜《ビユ》様は鼻で小さく笑う。

「ええ……。そうね。鉱物に恵まれている土地だから、少数民族でも豊かな生活を送っていると聞いています。蛙や蛇を食べたり、一妻多夫制だったり……都での生活が長い私からすると『異世界』だと思いましたわ」

紅花《ホンファ》様の反論など歯牙にもかけないといった様子で薇瑜《ビユ》様は言葉を続ける。

「でも出産方法が耳に入った時、私は紅花《ホンファ》様について何も知らないことに気付きましたの。そこでちょっと調べさせました。紅花《ホンファ》様やその周辺の宮女の身辺をね」

薇瑜《ビユ》様の言葉に、紅花《ホンファ》様が静かに唾を飲み込む音が聞こえてきた。

「そしたら不思議。今夜亡くなった宮女には妹がいて、その妹はなんと女児を出産したばかりだと判明いたしました。しかも、その乳飲み子は何故か行方不明なんです」

「それでは、その子は……」

唖然とした様子の瑛庚《エイコウ》様の声を聴き、胸が苦しくなる。この事実が暴露されることを恐れて私は『不幸な事故』として事件を解決したかったのだ。

林杏《リンシン》が井戸の側で赤子の泣き声を聞いたと言っていたが、おそらく亡くなった宮女の妹の子供の泣き声だったのだろう。

家相を何よりも気にする紅花《ホンファ》様が井戸の側の部屋で納得したのは、この井戸が『抜け道』であることを知らされたからなのだろう。普通は后妃にすら抜け道の存在を伝えないが、駄々をこねる紅花《ホンファ》様を納得させるために関連局がその重大な秘密を明かした……と考えると納得がいく。

そしてその抜け道を利用して宮女の妹がたびたび出入りしていたため、林杏《リンシン》らは『宮女の服を着た幽霊』を目撃したに違いない。

「おそらく宮女の妹の子でございましょうね。平民の血を引く者を皇族にしようとするなど……浅はかかな」

薇瑜《ビユ》様に吐き捨てるようにそう言われたのが、癪《しゃく》に障ったのだろう。先ほどまで静かに聞いていた紅花《ホンファ》様が勢いよく立ち上がった。

「何がいけないんですか⁈　どうせ男子しか帝位継承はできないんですよ？　女児が一人ぐらい増えたっていいじゃないですか！！」

「正二品の后妃の間では、そなただけなかなか妊娠しなかったからねぇ」

とても優しそうな薇瑜《ビユ》様の声に気をよくしたのか紅花《ホンファ》様は勢いを得たように話し出す。

「あのままでしたら私だけ子がなせず、正二品の后妃としての身分を奪われかねませんでした。そんな中、死んだ宮女の妹が妊娠したと聞き今回の計画を思いついたんです」

微《かす》かに自慢げな紅花《ホンファ》様の様子に、逆に私が心配になってくる。もし相手が林杏《リンシン》ならば、その口を慌てて塞いでいただろう。

「皇女は世継ぎというより諸国との外交上の駒《こま》じゃからのぉ」

「そうなんです！　話をつけてくれた宮女にはシッカリと謝礼も渡しましたし、妹の夫には官職まで紹介したんです。なのに……なのに……あの女は『妹を乳母《うば》にしろ』とまで言い出したんです」

后妃様が妊娠した場合、本人達が育児をすることはほとんどない。それぞれに乳母が付き、子供たちの世話をするのが一般的だ。

「おや、紅花《ホンファ》様は有力貴族の娘を乳母として手配したと聞きましたが……」

「はい。皇女たるもの最高の教育を受けさせる必要がありますから。あんな平民の女なんかに出入りされては困ります」

だ。

「それで宮女を殺したのじゃな」

薇瑜《ビユ》様の冷たい一言に、紅花《ホンファ》様はようやく自分が置かれている事態に気付いたよう
「反逆罪でこの者を捕まえなさい」

薇瑜《ビユ》様は後ろに控えていた衛兵らに、そう声をかけると紅花《ホンファ》様は直ぐにその場で取り押さえられた。おそらく最初からこれが目的で衛兵と共にこの場に現れたのだろう。

「それと……この赤子も処分なさい。伯母と共に死ねれば本望でしょう。井戸に捨てましょうか？」

その段になり初めて薇瑜《ビユ》様の腕の中にいる赤子が紅花《ホンファ》様のお子様だという事実に気付かされた。薇瑜《ビユ》様の足音が近くなり私は慌てて立ち上がった。

「赤子に罪はございません。どうぞ、どうぞ、平民として健やかな人生をお授けくださいませ‼」

私の言動に驚いたのだろう、隣にいた耀世《ヨウセイ》様は私の裾を小さく引き『やめろ』と合図するが止めるわけにはいかなかった。私が動こうとしないのを知ると、徐々に周囲の宮女がザワザワと騒がしくなる。

「なるほど……。そなたの推理の詰めが甘かったのは、この赤子を守るためであった

か」

　私は肯定する代わりに無言でうつむいた。井戸を見た時点でこの事件のあらましは分かっていた。ただ全て伝えてしまうと紅花《ホンファ》様だけでなく赤子も死罪になることは明白だ。だからこそ、紅花《ホンファ》様を「不幸な事故に見せかけて宮女を殺した后妃」にだけ留め、冷宮などに追放してもらいたかったのだ。

「蓮香……。こればかりは無理だ」

　私の肩をそう言って支えたのは瑛庚《エイコウ》様だった。

「それを赦してしまうと秩序が保てぬ……」

　瑛庚《エイコウ》様の声は酷く苦しそうだった。私も分かっている。皇帝の血縁を守るためには、こんなことは絶対起こってはいけないし、起こった場合は徹底的に処罰を与えるべきであるということを。ただ罪のない赤子を見殺しにすることなど私にはできなかったのだ。

「二人でそんなに辛そうな顔をなさらないで。真実を突き詰めた私がまるで悪者みたいではございませんか」

　薇瑜《ビユ》様は苛立った様子で赤子の背中をポンポンと叩く。その強さが強くならないか気が気ではなかったが、少しすると「仕方ないですわ」と大きくため息をついて、その手を止めた。

「では今回は紅花《ホンファ》様のお子は不幸な事故で亡くなったということにして、この子供は本来の両親のところに戻す……ということにいたしましょう」

その声はあまりにも優しく、ささやかれた言葉は非常に耳当たりがよかった。それゆえに軽やかに笑い声をあげながらその場を去っていった薇瑜《ビユ》様の思惑が分からず思わず耀世《ヨウセイ》様の腕にすがってしまった。

◇◇◇

「筆」

皇后・薇瑜《ビユ》は自室にたどり着くと抱えていた赤子を近くにいた宮女に押し付け、短くそう言い放つ。机の上に筆と紙と硯《すずり》が用意されると薇瑜《ビユ》は
「宦官の耀世《ヨウセイ》を呼んでまいれ」

と文章をしたためながら、宮女に短く命じる。あと数十分はかかるだろう……そんなことを思いながら薇瑜《ビユ》は筆を進めた。

ちょうど手紙が書き終わった頃、部屋に耀世《ヨウセイ》が現れた。

「これを紅花《ホンファ》の一族へ出して欲しい」

「今回の事件についてでございますか？」

「いや、姫が生まれた祝いに一族全員を招待したいと書いてある。これが届くまでは事件のことは伏せておくれ」

「子は死んだことにするのでは――」

耀世《ヨウセイ》の疑問に薇瑜《ビユ》は形のよい笑顔で応える。

「紅花《ホンファ》が殺した宮女は、紅花《ホンファ》と同じ一族の出なのじゃ。縁座として一族もろとも死刑にしてやろうと思ってな」

「そんなことをしましたら戦になります」

小さな村とはいえ、さすがに黙って全員が殺されるわけはない――と耀世《ヨウセイ》は主張する。

「そうじゃのぉ。あの部族は我が国だけでなく隣国へも鉱石を輸出しておるからのぉ。我が国から兵が向かえば、隣国へ助けを求めるであろうな。下手をすると隣国との大規模な戦に発展しかねない」

「そこまでして見せしめにする必要など――」

「だから呼ぶのじゃよ。祝ってやるからと招待すれば、少なくとも幹部の人間は集まってくる。そこで死刑にすれば戦にならずに、あの土地が我が国の物になる」

机の上に置いてあった煙管《キセル》を薇瑜《ビユ》が持ち上げると宮女がすかさず火を用意し、薇瑜《ビユ》はゆっくりとそれを吸って着火させた。

「妾は、ずっと狙っておったのじゃ。貴重な鉱石が採れるあの土地を。だから猿みたいな蛮族の娘を後宮に迎え入れ、井戸の秘密まで教えてやった。さすが猿じゃ。まんまと罠にひっかかりよって」

煙を吐き出しながら楽しそうにそう語る薇瑜《ビユ》に、耀世《ヨウセイ》は気味が悪いものでも見るかのような視線を仮面の奥から向けていた。

「妊娠しないように妾が薬を盛ったことも知らず、偽装妊娠を企てよった。後宮の――いや少なくとも妾の目をごまかせるとでも思ったのかのぉ」

「しかし、この子供は……親が殺されてどうやって生きていけましょう」

「死んだ宮女の妹には『乳母にしてやる』とも書いた故、宮女の妹夫婦らも来るであろう。この赤子は夫婦に返すが、宮女の縁座ということで皆、殺せばいい」

「だから――陛下の前では『戻す』と仰ったんですか」

薇瑜《ビユ》は大きく煙を吐きながら嫌なものを思い出したような表情を浮かべる。

「陛下は甘すぎる。宮女ごときの世迷言に耳を傾けよって。一度、後宮で『皇女』と認められた人間がどのような価値を持つか分かっておるであろうに。なぁ、耀世《ヨウセイ》――

いや陛下？」

　蛇が絡みつくようなジットリとした視線を受け、耀世《ヨウセイ》は肌の奥から恐怖が湧き起こってくるのを感じた。

「そのような仮面を付けて……宦官のフリをしてまで、あの宮女と一緒にいとうございましたか？」

「そ、そなた、私も皇帝であると知っておったのか？」

「陛下が後宮の外で使われていたお名前に耀世《ヨウセイ》というものが、ございましたね。直ぐに調べがつきました。さらに宦官の中で一番、陛下への伝達速度が速いのも耀世《ヨウセイ》ですからね。気付かない方がおかしいというものですわ」

　そう言って薇瑜《ビユ》は煙管を勢いよく灰皿にたたきつけて灰を落とす。

「確かに蓮香はいい娘ですよ。美人なだけではなく賢い、芯があり度胸もある。だが……後宮で生きていくには優しすぎる」

　薇瑜《ビユ》は遠くを見ながら残念そうにそう言った。

「陛下があの者を皇后へ育て上げてくださるならば、何時でもこの座はお譲りしてもよいと思っております」

「ま、誠なのか？」

食い入り気味にそう言った耀世《ヨウセイ》を見て、薇瑜《ビユ》は額に手をやり大きく笑う。

「本気でございますのね」

「本気だ。できることならば、あの者だけを愛したいと思っている」

その耀世《ヨウセイ》の真剣な眼差しに面食らった様子の薇瑜《ビユ》だが、少しすると気を取り直して再び形の良い笑顔を浮かべる。

「今のままでは、蓮香は壊れてしまいますよ？　ここは楽園ではございません。女の欲が渦巻き、魑魅魍魎《ちみもうりよう》と化した人間が住まう場所でございます。その主である皇后が……果たして彼女に務まるでしょうか。現に陛下はそこへ彼女を連れ込むのを恐れて后妃にされていらっしゃらないではないですか」

「それは——」

薇瑜《ビユ》に指摘され、耀世《ヨウセイ》は自分の覚悟の足りなさを自覚させられる。蓮香を后妃にしないのは、彼女の「機織りをしたい」という想いを尊重しているつもりだったが、どこかで後宮の世界に染めずに手元に置いておきたいと思うようになっていたことに耀《ヨウ》世《セイ》は気付いた。

「あれほど連日通われている以上、宮女にではなく、后妃にするべきではございませんか？　そのように思慮の足りない行動は蓮香を苦しめるだけでございますよ」

後宮では、生半可な気持ちでは一人の女を愛することはできないと薇瑜《ビユ》は、厳しく諭す。

「后妃にするつもりがないならば、寵愛すること自体を自重するべきでございます」

「だが蓮香は誰よりも聡明だ。時間があれば皇后にだってなれるに違いない」

むきになって反論する耀世《ヨウセイ》を薇瑜《ビユ》は鼻で笑う。

「さようでございますね。確かにあの者ならば成し遂げるやもしれませぬ。ただ……後宮の主となった蓮香をあなたは愛し続けられるのか――。妾は楽しみでございますわ」

初めて皇后の別の顔を見せられ、耀世《ヨウセイ》は自分の額に脂汗がジンワリとにじみ出るのを感じた。

◇◇◇

心の中で拍子を数えながら、私は機織りを楽しんでいた。ここ数ヶ月、事件やら事故などで忙しい日々が続き、心穏やかに糸の音だけを聞き作業をするのは何日ぶりだろう。やっぱり機織りは好きだ。

と思っていたのもつかの間、妙に外が騒がしいような気がする。部屋の外を行き交う人々の足音も恐怖と焦り、不安などが伝わってくる。普段ならば窓の外から聞こえてくる宮女らのおしゃべりも聞こえてこない。

「何かあったの？」

私が林杏《リンシン》にそう尋ねると、彼女は口の中でなにやらモゴモゴと言葉を濁す。

「何かあったのね。大丈夫よ。今日は、どうしてもこの帯を仕上げてしまわなければいけないから、首は突っ込まないわ」

「実は……紅花《ホンファ》様と、そのご一族の処刑が行われております……」

林杏《リンシン》の言葉に思わず耳を疑う。

「い、一族？」

「紅花《ホンファ》様の偽装妊娠に加担した亡き宮女は同じ一族の出でいらっしゃって……。紅花《ホンファ》様、亡き宮女の妹、それぞれの配偶者、子供、親兄弟、祖父母までたどるとほぼ一族総勢が処罰の対象になるとのことらしく――」

私は思わず機織り機の前から立ち上がる。宮女の妹も処罰されるならば昨夜、薇瑜《ビユ》様が助けると言われた赤子の命も奪われることになる。

「知っていて教えなかったの!?」

これだけ詳しく内情を知っているのだ。おそらく朝の時点でその事実を知っていたに違いない。

「もし蓮香様がお知りになられたら、絶対止めに行かれましたよね!? それがどんな結果を招くか……」

珍しく強い口調の林杏《リンシン》の言葉に私は下唇をキュッと噛む。確かに朝の時点で知っていたならば、その刑が執行される前に何かしら手立てはないか画策しただろう。ただ数十人の処刑だ。おそらくまだ何かできることがあるかもしれない。

「林杏《リンシン》、陛下の部屋へ連れて行って頂戴」

「だ、ダメですよ。そもそも陛下は夜にならないと部屋にはお戻りになられませんし」

「いいから!」

私が林杏《リンシン》を引きずるようにして、連れ出そうとした瞬間、ドンッと大きな身体に当たった。耀世《ヨウセイ》様の香がフワリと漂ってくる。

「林杏《リンシン》、宮女の皆も……少し外してくれないだろうか」

その口調から彼が宦官の姿で現れたことが分かった。

「だ、大丈夫ですか?」

訝し気な林杏《リンシン》の言葉に耀世《ヨウセイ》様は小さく頷き「私から刑について、話すから」と言った。私はそのまま手を引かれて、長椅子にゆっくりと座るよう誘導される。宮女らがいなくなったのを確認すると、ゆっくりと耀世《ヨウセイ》様は口を開いた。

「まず——今回の刑について、そなたに話していなかったことを詫びよう。縁座ということで紅花《ホンファ》の一族を処刑することに決まった」

「そ……それでは、あの赤子は……」

「赤子もだ」

思わず立ち上がろうとした私の腕を耀世《ヨウセイ》様は驚くほどの強さで引き留めた。

「確かに残酷なことだが、国のためだ。分かってくれ」

「分かりますが……分かりますが、まだあのように幼い子まで——」

そう言いながら自分の中で無力さ悔しさ……様々な感情がこみあげてくるのを感じる。

「千年も平和な治世が続いている今、〝皇帝〟に課せられていることは『血筋』と『現在の政治体制』を残すことだ」

確かにささいな小競り合いなどが国境で勃発することはあっても、国の主権を争う戦いはこの千年起きていない。

「私も小さな子供を手にかけるなど、やりたいとは思っていない。だが……だが、綺麗ごとだけでは国は守れない。やらなければいけないんだ」

そう言って握りしめられた手からは微かな悲しみが伝わってくるのが分かった。

「後宮でのことだってそうだ。好きでもない女を政治のためとはいえ抱くとはどんなことか、そなたに分かるか？　吐き気がしたよ」

手に込められた力がさらに強くなる。

「私は誰も抱くことなんてできなかったんだ。そしたら瑛庚《エイコウ》が代わりを務めてくれた。『俺は大丈夫だから』って――。だから政治的なことは私が手を汚さなければいけない」

そう語る彼の言葉からは心のうちにある苦々しさがあふれてくるようだった。

「それで蓮香が私を卑怯で冷酷な人間だと軽蔑してくれても仕方ない。ただ……瑛庚《エイコウ》は違う――。瑛庚《エイコウ》は何も知らないし、最後まで赤子に温情をかけるように訴えていた。その反対を押し切って今回の処分を下したのは私なんだ」

皇帝としての瑛庚《エイコウ》様を守るために、私から嫌われる役をこの人は買って出たのか……。彼らの間に存在する絆の強さに思わず唖然とさせられる。

「耀世《ヨウセイ》様は影武者以上の存在でいらっしゃったんですね」

私はゆっくりと耀世《ヨウセイ》様の手に自分の手の平を重ねる。何もかも分かっているような気になっており、その実何も分かっていなかった。この人の辛さも瑛庚《エイコウ》様の辛さも。

「蓮香――」

「私も頭では分かっているんです。あの赤子を生かすことができないことぐらい――。でもその処罰を下されることで苦しまれるお二人を見ることが辛いんです」

私は耀世《ヨウセイ》様の手を握る力を強める。今回のような処罰や騒動は後宮では、頻繁にあったことだ。これまで自分に火の粉が降りかかるのを恐れて、あえて関わってこなかった。それを変えたのは彼らだ。

「お二人の辛さを私にも分けていただけませんか？」

私の言葉を合図にするように、耀世《ヨウセイ》様も私の手を遠慮がちに握り返してくれた。その手の平のぬくもりを感じながら、想像をはるかに超えた大きなものを二人が背負っているという事実に気付かされた。

◇◇◇

「蓮香！　皇后になってくれるのか⁉」

その夜、『皇帝』として訪れた瑛庚《エイコウ》様は、宮女らがいなくなると開口一番にそう言った。

「いえ、そのようなことは申しておりません」

私がきっぱりとそう伝えると瑛庚《エイコウ》様は不思議そうに首を傾げる。

「耀世《ヨウセイ》は、そう言っていたけど……」

「え……？」

私も思わず首を傾げる。確かに彼の辛さを共有したいとは伝えたが、どこからどう飛躍したら、『皇后になる』になるのだろうか。そもそも皇后様が亡くなったならばいざしらず、ご健在な状態でそんなに簡単に交換できるものでもない。

「瑛庚《エイコウ》様――。そのような報告、連絡、相談でよく耀世《ヨウセイ》様の存在を隠しておけましたね」

「まぁ、基本的に耀世《ヨウセイ》は宦官として常に一緒にいるからね。それで皇后になってくれるんだろ？」

話が振り出しに戻ったことに私は小さくため息をつく。

「もし后妃になることがあったとしても、『皇后様』になんてなりたくありませんよ」

「なんで？　後宮の頂点に君臨するんだよ？」

のんきにそう言う彼に私は再び大きくため息をつく。

「薇瑜《ビユ》様は幼き頃から『皇后』になるために育てられてきた方でございます。そんな

『皇后』に私が一朝一夕ではなれませんよ」

「そうなのか……？」

「例えば、私の機織りを明日から薇瑜《ビユ》様にやっていただいたとして、帯は完成しませんよね？　それと同じことです」

帯を通して後宮内での格付けや儀式、伝統などは知っているつもりだが、それでも後宮の主として采配を振るえる自信は驚くほどないし、やりたいとも思わない。

「そうか……でも蓮香は后妃にはなってもいいのだな？」

何かを思い出したかのように、瑛庚《エイコウ》様の声がパッと明るくなった。前向きなのが彼のいい所だろう。

「いいえ。私は機織りをしたいのでございます」

「ほ、本気で言っているの？」

唖然とした様子でそう聞き返す瑛庚《エイコウ》様の気持ちは分からなくない。この後宮で后妃になりたくないという宮女は本当に少ないだろう。少なくとも私はそんな宮女に会ったことはない。中には宮女として働くことに矜持がある人間もいるが、それでも「いい縁談があったら直ぐに後宮を出る」という人間ばかりだ。

「だから耀世《ヨウセイ》は、蓮香が皇后になっても働けるように動く——と言っていたのか。策士だな……」

初耳の事実に私は思わず耳を疑う。

「そんなことを耀世《ヨウセイ》様が？」

突拍子もない話に、眩暈《めまい》がするのを感じた。

耀世《ヨウセイ》様はおそらく私が皇后にならないのは、機織りができなくなるから——と考えたのだろう。それは間違っていない。

だが、そもそもの問題として私が「宮女でいたい」と思っていることを、彼らにどうすれば理解させられるのだろうか。大きな問題に私は静かに頭を抱えることとなった。

第六章　死による久遠の愛

「こちらは従一品の淑妃様付きの宮女・可馨《クウシン》です」

林杏《リンシン》が部屋に宮女と共に現れた時、新たな助手が派遣されたのかとにわかに喜んだが、少ししてそれは浅はかな考えだったことに気付かされる。淑妃様付きの宮女が機織りの手伝いをしてくれる可能性は低そうだ。

「えっと……淑妃様付きの宮女様がどのような御用で？」

その言葉の端々には苛立ちが現れてしまった。徳妃様が皇女様を無事に出産されてから既に一週間が過ぎている。あと一週間で帯を完成させなければいけない――という忙しさが極まっている現状で、林杏《リンシン》を怒鳴り飛ばさなかった自分を褒めてあげたいぐらいだ。

「淑妃様の部屋で怪奇現象が起きているんですっ！」

林杏《リンシン》の言葉を聞いた瞬間、私は気が遠くなるのを感じ、意識をつなぎとめるために再び作業に戻る。

「本当に忙しいので、用がないようでしたら失礼いたします」

淑妃様付きの宮女へ申し訳程度に謝罪するが、勿論、林杏《リンシン》は納得するはずはない。

「ちょっと、蓮香様、聞いてくださいよ！」

「聞いているわよ。怪奇現象って何？」

「実は……淑妃様の宮で夜になると部屋から変な音がしてくるんです」

そう訴えた可馨《クウシン》の声は酷く脅えていた。そんな彼女の肩を優しく抱くようにして林《リン》杏《シン》は「音のことなら蓮香様かなーって思って」と助け船を出す。

おそらく宮女仲間の間で私のことを自慢し、後に引けなくなったのだろう。もしくは賄賂《わいろ》か何かをもらったか……。

「そう。幽霊か何かのせいでしょ。呪術師に頼んで祓《はら》ってもらったら？」

投げやりにそういうと、林杏《リンシン》はムッとした様子で私に近づく。

「何で、そんなに冷たいんですか。紅花《ホンファ》様のお子様の時は、あんなに親身になられていたのに」

「だから――幽霊かなにかの仕業ならば、私が出る幕じゃないからよ」

正直な所、その怪奇現象には霊媒師は必要ないことは分かっていたが、手元にある帯の進捗状況がのっぴきならない状態なのだ。

「お願いします！　淑妃様は臨月にもかかわらず、その音のせいで毎夜眠れない夜をお過ごしでございます。このままでは赤子にも影響が……」

赤子のことを出されるとどうも弱い。私は作業していた手を止めて、大きく息を吐く。

「霊媒師は一応呼んだんですよね？」

「はい。もちろんでございます。ただ淑妃様がお住まいの宮は建てられたばかりということと、紅花《ホンファ》様の事件などが重なっておりなかなか手が回らない状況でございまして」

「え？　新築なんですか？」

『怪奇現象』と聞き、林杏《リンシン》は古い宮を想像していたのだろう。

皇后様と従一品までの后妃様方は『部屋』ではなく『宮』という屋敷が与えられている。ただ新しく建てることは少なく、前王朝から引き継いだ屋敷が割り当てられるのが常だ。

「当初、淑妃様に割り当てられた宮は歴史ある宮で、先々代の后妃様も使われていた宮なんですが、そこで幽霊が出始めたんです。そこで陛下にお願いしたところ、南向きの部屋を新たに建てていただけました」

「幽霊ねぇ……」

「あ、蓮香様、淑妃様の方が陛下からの寵愛が厚いって焼きもち焼いているんですか？　でも淑妃様が新しい部屋へ移られたのは二年前のことですから安心してください！」

二年前……。おそらく私と陛下の関係が始まる前だということを林杏《リンシン》は伝えたかったのだろう。実際のところ陛下達と私の間で何かが始まっているわけではないのだが……。

「それまでは怪奇的な音は鳴っていなかったんですか？」

「はい。夏が終わった頃から、夜になると鳴るようになりました」

「一度、その音を聞いてみますので、今夜もう一度いらしていただけないでしょうか」

今から私が淑妃様の部屋を訪れて、音の原理について説明したところで目の前で音が鳴らない限り、おそらく彼女達は納得してくれないだろう。今晩、瑛庚《エイコウ》様が訪れる前に淑妃様のところへ数分行くだけならば仕事にも支障はないはずだ。

「それでは解決してくださるのですか⁉」

まるで希望の光にすがるような口調で可馨《クウシン》にそう言われ、バツの悪い思いがした。

「私ができることは、原因を解明して対処法をお教えするだけです。私の想像が正しければ、その音は今日明日に鳴りやむものではございませんがよろしいですか？」

「それは……どういう意味でございますか」

「それも含め、今晩お話しいたしますので、今はお引き取りくださいませ」

きっぱりと『これ以上の会話はしません』という意思を表示すると、可馨《クウシン》はすごすごといった様子で部屋から出て行った。

「淑妃様の部屋って、後宮の一番南にある部屋よね？」

「そうなんですか？」

再び間の抜けた林杏《リンシン》の返事に、何も調べずに今回の話を私へ持ってきたことが分かり、小さくため息をつく。

后妃様方の部屋が集まる場所からは少し外れているが、厨房や書庫などからも近く結構便利な場所だ。あの場所に宮が建てられた当初、陛下からの寵愛が厚い証拠だ……と話題になったこともあった。

私は「なるほど、なるほど」と頷きつつ、目当ての糸を通しながら、今後の算段についても考え始めた。

「だから結構だって言っているでしょ‼」

宮の入口の前で淑妃様付きの宮女頭から、部屋へ入ることを拒否され林杏《リンシン》と共に首を傾げる。

夜になり瑛庚《エイコウ》様がお渡りになる時間が近づいても可馨《クウシン》が現れなかったので、仕方なく林杏《リンシン》と私の二人で淑妃様の宮へ伺うことにした。ところが『そのような約束はしていない』の一点張りで部屋へ案内してくれない。

「ですが、今日、可馨《クウシン》から来てくれるよう依頼があって……」

「何度も言っているけど、淑妃様付きの宮女の中に可馨《クウシン》なんて娘はいないの。何かの間違いか、他の后妃様と勘違いしているんじゃないの？」

宮女頭の声には疲れが帯びており、淑妃様の容態はあまりよくないということが伝わってくる。おそらく彼女は睡眠時間を削ってまで淑妃様につきっきりで看病しているのだろう。

「でも、今日、昼に――」

飛びかからんばかりにそう言う林杏《リンシン》の襟首をサッと掴み、宮女頭から引き離す。

「林杏《リンシン》、わきまえなさい」

私がそう言うと、渋々といった様子で林杏《リンシン》は私の後ろへ下がった。

「お忙しい中、お時間をいただきありがとうございます。淑妃様につきましてはご自愛いただきますようお伝えくださいませ」

私は仰々しく礼をして、その場を立ち去ることにした。助けを求めているならいざしらず、あそこまで言われて関わらなければいけない道理はない。林杏《リンシン》は納得していないようだったが、私は仕事が一つ減ったことに安堵のため息をついた。

「おっかしいなぁ……。可馨《クウシン》、別の部屋へ移されちゃったのかな……」

自室へ続く廊下を歩きながら、ひっきりなしに林杏《リンシン》は首を傾げていた。確かに昼間あれほど熱心に助けを求めていた宮女が存在しないというのは不思議な話でもある。

「麻花《マーホア》、分けてもらったのにな……」

麻花《マーホア》は小麦粉と砂糖、膨張剤などを材料とするシンプルなお菓子だ。ただ油で揚げるだけだが、高価な砂糖を大量に使用する貴重な菓子でもある。そのため宮中であっても、なかなか食べられないことでも知られている。

「あんた、その麻花《マーホア》で私を売ったわけ⁉」

「売ったなんて人聞きの悪い。たまたま昼食を運んでいる時に可馨《クウシン》と厨房で会って、私の好物が麻花《マーホア》って話をしただけですよ……」

「私は食べてないいんですけど？」

「そりゃ〜揚げ物ですからね。冷めたら美味しくないですし、身体にも悪いですから。私が全部責任をもって食べましたよ」

麻花《マーホア》は確かに油を使うが、保存が効くことでも有名だ。

「『全部』ってことは、私の分もあったってことよね？」

「えー、そんなこと言いました？」

この子は……と思いながらイライラしていると、前方から嗅ぎなれた品の良い香りが漂ってくる。微かに汗の匂いも交じっており、少し慌てているのだろうか。

「蓮香、こんなところで何をしている」

案の定、前方からかけられた声は瑛庚《エイコウ》様のものだった。

「部屋にいないから、探したぞ」

「淑妃様の宮へ伺っておりました」

「何か事件でもあったか？」

好奇心を隠そうとしない瑛庚《エイコウ》様の声の調子に私は思わず苦笑する。

「怪奇音がするという相談があったのですが……何か手違いがあったようで追い返されたところでございます」

「怪奇音というと？」

「それを確認に行こうとしたので何とも……」

「分かった。それでは私が参ろう」

確かに陛下として瑛庚《エイコウ》様が淑妃様の宮を訪れたら、誰も「入るな」とは言わないだろう。

案の定、淑妃様の宮へ到着すると、先ほどとは打って変わって宮女頭が平身低頭で来訪を歓迎してくれた。

「急なお渡りで何も準備できておりませんが……。淑妃様はお待ちでございました」

この数ヶ月、陛下は毎晩のように私の部屋へ来ていることもあり、淑妃様へのお渡りは下手をすると半年ぶり……になるのかもしれない。

「直ぐにお呼びいたしますので、こちらでお待ちくださいませ」

そう言って案内されたのは、応接間だった。

「宮には、こんな部屋まであるんですね」

林杏《リンシン》が小声で感心している。私も声にしないが初めて訪れる宮に内心わくわくしていた。

「寝室、簡単な調理場、風呂、布庫、書庫などもある」

出された酒をチビチビと飲みながら、林杏《リンシン》の疑問に瑛庚《エイコウ》様が答える。

「といっても新たに建造した宮だからな……他の后妃らの宮と比べると小規模だがな」

広大な敷地を擁する後宮だが、新たに広い宮を建てるだけの敷地はなかったようだ。ただ『小規模』といっても、おそらくこの応接間ですら私の部屋より広いだろう。

「蓮香にも宮を建ててもいいよ？」

私にだけ聞こえるような小さな声で瑛庚《エイコウ》様はそう呟く。寝ぼけたことを言う彼に私は他人行儀な笑顔を向ける。

「宮女ごときにそのようなお戯れを……」

「つれないなぁ……。今だって蓮香のために淑妃の部屋に来たって言うのに」

「陛下っ！」

私は思わず声を荒げて瑛庚《エイコウ》様の発言を諌《いさ》めた。

淑妃様にそのお付きの宮女らは、陛下が単純にお渡りになったと思っている。こんな会話が聞かれたらと思うと気が気ではない。誰かに聞かれていないか耳を澄ませた瞬間、「パッ、パンッ」と何かが弾けるような異音が聞こえてきた。その音に私も含めて全員の身体がビクリと震えたのが分かった。想像はしていたが、いざ音を聞いてみると私の推理が裏付けされたような気がし、安心感を覚える。

「これが怪奇音か」

小さく唸る瑛庚《エイコウ》様に、淑妃様付きの宮女頭が膝をついて謝罪する。

「大変申し訳ございません。淑妃様の宮でこのような現象が起こっていることが公になれば、陛下からのお渡りがなくなると思い……隠しておりました」

確かに霊が憑《つ》いていると言われるような場所を積極的に訪れたいという人は少ないだろう。

「なるほど……さすがだな。それで淑妃の様子は？」

「はい。お腹のお子様もすくすくお育ちで――」

「ここでも音がするの……？」

淑妃様の『健康』を強調しようとした宮女頭の言葉を打ち消したのは応接室の入口に立つ淑妃様だった。線が細く綺麗なお方と聞いていたがその声はかすれており、健康体とはいいがたい状態なのだろう。

何より彼女の異常さを感じさせたのは、むせ返るような香の香りだった。淑妃様の部屋から溢れ出すように伝わってきた匂いは伽羅《キャラ》の落ち着いた香りが土台となっており、さらに優美で甘い香りが前面に押し出された不思議な香りだ。北方の山間部にある神殿で使われている香に似ている。その香によって死者が蘇ったという伝説もあるらしく、埋葬の際にも用いられているそうだ。特殊な香だが、中には安眠のために使用するという人もいると聞いたことがある。

問題はその香の種類ではない。

香りが濃すぎるのだ。まとわりつくような香りに思わず口元を押さえてしまう。おそらく部屋で何個も同じ香を炷いているのだろうが、ここまで匂いがきついと安眠のために炷いていたとしても、逆に妨害しているようなものだ。

「淑妃様、そのようなお姿で‼」

宮女頭が慌てるのは無理もない。衣擦れの音の少なさからして、おそらく寝間着一枚というような軽装で現れたのだろう。私の隣にいた林杏《リンシン》が「あんなにお痩せになられて……」とポロリと漏らす。妊娠中はむくみやすいと言われているが、それでもなお痩せて見えるというのはよっぽどのことに違いない。

淑妃様の後ろでは着物を持ってオロオロとしている宮女達の気配もする。瑛庚《エイコウ》様の来訪からすぐに現れなかったのは化粧などの支度だけでなく、着物を着こませ、その痩せ細った身体が目立たなくするようにする予定だったのかもしれない。

「淑妃、深夜の突然の来訪すまん。ただ怪奇音が聞こえると聞いてな……」

瑛庚《エイコウ》様がそう言った瞬間、鋭い視線が寄せられるのを感じた。おそらく宮女頭殿だろう。

「この者がその謎を解いてくれると言うので連れて参った。もう安心して眠れるぞ」

「勿体ないお計らい……淑妃様、さ、お礼を」

宮女頭はそう言って、淑妃に礼を言うように勧めるが、淑妃様はワナワナと静かに震えているようだ。

「解決など……解決などして頂かなくて結構でございます！」

絞り出すように叫ばれ、その気迫に思わず身体が縮み上がるのを感じた。やはり怪奇音よりも人の方がよっぽど怖い。

「いえ、解決などいたしません。あえて解決するならば……あと数年という時間が必要でございます」

「時間が……？」

瑛庚《エイコウ》様の疑問に静かに頷く。

「こちらの宮が建造された年、例年になく長雨が続いた時期でございました。そのため工事がなかなか進まず、工期が遅れたのを覚えております」

「そういえば……そのようなこともあったな？」

瑛庚《エイコウ》様の心もとない返事を無視して私はさらに続けた。

「そのため淑妃様が工夫らを急かされている……というような噂を耳にしたこともございます」

「そなた！　ありもしないことを‼」

宮女頭が私の言葉に激怒の声をあげた。陛下の前で主を悪く言われたら当然の反応かもしれない。

「あぁ――。確かにそのようなことはあった。工夫らに別料金を支払い、雨の中作業をするように命じた記憶がある」

「へ、陛下……」

膝から崩れ落ちる宮女頭を無視して私は話を続けることにした。

「家屋を建造するために使われる木材は、一定期間をかけて乾燥させてから使用します。乾燥しきらない状態で家屋に使用しますと、壁として存在しながら乾燥を行うことになります」

「それと怪奇音が何か関係あるのか？」

「固定された木が乾燥すると、先ほどのような怪奇音が鳴るんですよ」

おそらく工期を急かされた工夫は、十分に乾燥していない資材を使わなければいけなかったのだろう。そんな資材が二年の時を経て乾燥が進み、怪奇音が鳴り始めた。

夜間にしか音が鳴らないのも、日中と比べ湿度が下がるからだ。

「なるほど……それでは霊などではなかったということだな？」

「はい。ただ霊ではないため、一朝一夕にこの問題を解決するのも難しいというのが現状でございます」

「では旧淑妃宮に移り住むか……部屋を用意させよう。怪奇音が出なくなるまでそちらで過ごせばよい」

一件落着したという様子で瑛庚《エイコウ》様が立ち上がると、淑妃様が慌てて駆け寄ってきた。

「お待ちくださいませ陛下。陛下から賜ったこの宮から出とうございません。理由が分かればこんな音など気にもなりませぬ」

もし怪奇音に悩まされて睡眠不足になり体調不良になっても、理由が分かってしまえば解決する。

「どうぞ、このままこの宮を使うことをお許しいただけませんでしょうか？」

あまりの気迫に思わず瑛庚《エイコウ》様は、「あ、ああ」と短く同意させられていた。そんな淑妃様を振り払うように瑛庚《エイコウ》様は私へと振り返った。

「今回も蓮香の名推理が光ったな。褒美をつかわすが、何がいい？　何でも良い。言うがよい」

淑妃様らがいる前でそう言われ、私は用意していた言葉をグッと喉から絞り出す。

本当は私だってこんな言葉を言いたくはない。

「この宮を三日ほどお貸しいただけないでしょうか」

おそらく「何もいらない」という私の言葉を予想していたのだろう。瑛庚《エイコウ》様は小さく「ホウ」と面白そうに同意する。

「珍しい。この宮が気に入ったか」

「はい芸術的な設《しつら》えでございます。淑妃様が素晴らしい感性の持ち主であることが伝わってまいりました」

「で、住んでみたいと」

「おそれながら!!」

唾を飛ばす勢いでそう叫んだのは淑妃様だった。

「淑妃は嫌か？」

「確かに怪奇音を解決してくれたのは、ありがたいですが、さすがに宮を明け渡せというのは度が過ぎるのではないでしょうか」

半ば叫びながらそう主張する淑妃様の言い分は尤もだ。

「だが……私は『なんでもいい』と言ってしまったからな……」

「宮女に寝室を使われるぐらいならば、私は自害いたします‼」

他の后妃様の寝台で陛下といたす――なんという悪趣味な……と思ったが、私の希望がそう聞こえてしまったことは事実だ。

「いえ、寝台は使いません。帯を織る仕事が滞っておりますので、こちらの宮を利用して機織りをさせていただきたかったのですが――」

「では淑妃。その三日間、私はこの宮へは渡らない。それならばいいな？」

「ですが……」

瑛庚《エイコウ》様に妥協案を提示され、淑妃様は反論する言葉を失くす。

「蓮香、それでは明日から三日間でいいか？」

「ありがとうございます」

私は頭を下げると、部屋のありとあらゆる方向から私へ向けて首を動かす音が聞こえてきた。


「何か気がかりなことでもあったか？」

次の日の夜、私は宮の応接間で作業をしていると、ふらりと宦官姿の耀世《ヨウセイ》様が現れた。瑛庚《エイコウ》様と瓜《うり》二つと言われている彼だが、私からすると別人でしかない。その優しく落ち着いた声を聴くと胸が少し高鳴る。

「誰も宮女がいないようだが……」

部屋に二人だけという状況が気まずいのか、部屋をキョロキョロと見渡しながら耀《ヨウ》世《セイ》様は遠慮がちにそう言った。

「私の部屋で本当に仕事を進めてもらわないといけないので」

「ということは、やはり他の意図があってこの宮を借りたいと言ったのだな」

「確証はございませんが……」

これはあくまでも私の推理でしかないし、もし何も出てこなかった時に大問題になりかねないので「宮を借りたい」と申し出たのだ。

「瑛庚《エイコウ》は淑妃の部屋へ行かなければいけない、と閉口していた」

「お借りしている間は、『陛下』がお渡りになられないという約束でしたからね。それでお願いしたものは用意していただけましたか？」

「あぁ、既に作業は進んでいるが――見に行くか？」

「お願いします」

耀世《ヨウセイ》様に案内されたのは、寝室の真下にあたる床下部分だった。この宮は高床式になっており地面から一メートル程離れて建造されている。おそらくカビなどが生えないように通気性をよくしたのだろう。その地面部分を数名の工夫が掘っている音がする。むせかえるような土の匂いがあたりに立ち込めていた。

「これだけ広い宮だが、ここでいいのか？」

「おそらくあるとすれば、ここだと思います」

「何があるのだ？」

「出てから……でもよろしいでしょうか。出ない可能性もありますので……」

私の険しい表情から何かを察したのだろう。耀世《ヨウセイ》様は黙って作業を見守ることを赦してくれた。

数十分もした頃だろう。

「旦那！　何か出てきました」

と工夫の一人が叫んだ。

「何が出てきた⁉」

「へ、部屋みたいな空間でさぁ」

「部屋？」

工夫の言葉に誘われるように耀世《ヨウセイ》様も地面に這うようにして、床下を進む。

「こ、これは……」

かろうじて悲鳴を喉で押し込めたのだろう。ヒュッという音が耀世《ヨウセイ》様から漏れる。

「蓮香、あったぞ。これのことか？」

私は耀世《ヨウセイ》様の方から漂う死臭に、最悪の予想が当たったことを知り頷いた。

「なんだこれは⁉」

床下から運ばれた物体を応接室に移すと、その異様さはさらに際立ったようだ。

耀世《ヨウセイ》様によると、その『何か』は白い包帯で全身が巻かれており、黒い帽子、かぶり靴、宦官の服、扇を持っているらしい。そして手には革で作られた手枷《てかせ》がかけられているという。

「監禁されていた男性の遺体ではないでしょうか……。おそらく二年前にこの宮を建造する際に、地面に埋めたのだと思います」

「な、何故……これがあると？」

「淑妃様が以前お住まいだった宮には『幽霊が出る』と言われていました。しかし淑妃様が現在の宮に移られた後、以前の宮で幽霊が出たという話は聞いたことがございません」

「確かに聞かないな」

幽霊が出ないことが判明し、正二品の后妃の一人が「使用したい」と申し出られたことがあったほどだ。最終的に正二品の后妃全員が使用したいと言うようになり、仕方ないので誰にも使わせないということで決着がついた。

「では、幽霊はどこに行ったのでしょう?」

幽霊が理由もなく現れて消えても不思議ではないが、私にはそうは思えなかった。物事には因果関係があるはずだ。

「淑妃についていったのか?」

「そうですね。そう考えるのが自然です。ですが、淑妃様の新しい宮では幽霊は目撃されていません。そこで『幽霊』ではなく『人』だとしたならば——と考えました。そして目撃されなくなったのは、『出歩けない状況』になったからではないでしょうか」

「しかし何故、遺体となっていると分かった」

耀世《ヨウセイ》様の疑問は、もっともだ。出歩けないだけならば、幽閉されているだけ——という可能性もある。

「香でございます。淑妃様の部屋ではむせ返るような香りがしておりました。あの香りは北の神殿では死者を埋葬する際に使われる香でございます。死臭を消す目的もあったのかもしれませんが、『蘇らせたい』という願望もあったのでしょう」

「しかし、これは誰だ？」

既に干からびている遺体から直ぐには身元は特定できないだろう。だが淑妃様とどのような関係にあったのかは分かる。

「密会相手でございますよ」

「み、密会相手？」

驚きを隠せないといった様子の耀世《ヨウセイ》様に私は深く頷く。

「まず丁重に埋葬されているのが、一番の証拠でございます。さらに淑妃様の慌てようも手掛かりになりました。普通ならば怪奇音が鳴る部屋から新しい部屋へ移動することを許されれば、喜んで移られるものです。ところが淑妃様は部屋を移動しないように陛下に懇願されていました」

「ではなぜ寝台の下なのだ……？」

「淑妃様が寝台を特別なものと考えていらっしゃったからです。男女の関係にあったのでしょうね。だから隠すならそこかと――。ただ断定はできなかったので三日間お時間をいただきました」

最悪、床下を全部掘り返したとしても、三日あれば事足りるだろうと考えたのだ。

最初は怨恨による殺害からの埋葬かと思ったが、遺体を丁寧に着飾っているところから、おそらく違う感情が淑妃様にはあったに違いない。そんな私の推理を肯定するように、宮の入口から絶叫が聞こえてきた。

「凄いものが出てきたな」

楽しそうにそう言う瑛庚《エイコウ》様の横で淑妃様は涙をボロボロ流しながら遺体へ近づこうとしているが、それを衛兵が押さえて行かせまいとしている。

「触らないで!!! 私のものなの!!!!」

淑妃様の叫び声に全員が絶望的な気持ちになったのは言うまでもない。

錯乱する淑妃様に瑛庚《エイコウ》様は呆れたようにため息をつく。

「寝台を別の者と使ったのは、そちのほうであったか」

「陛下! 違います。淑妃様は妊娠中ゆえ、精神的に不安定でございまして」

淑妃様を黙らせようと必死な宮女頭は、そう言って慌てて取り繕う。

「ほう……。では弁明でも聞こうか」

「この者は出入りの麻花《マーホア》売りでございました。もちろん、普段は後宮には入ってこれないのですが、ある宮女が宦官の服装をさせて潜り込ませたのでございます。異国の話をする面白い者でございましたので、時々淑妃様のもとを訪れていたのですが、ある日箪笥《たんす》の角で頭を打ってしまい亡くなったのでございます」

「処分しかねて埋めたと」

瑛庚《エイコウ》様にそう言われ、宮女頭は頭が取れんばかりに首を縦に振った。宦官のフリをして後宮に潜り込むこと自体が大罪だ。そのため事故で亡くなったことを報告できかねたのだろう。

「頻繁に出入りしておりましたが、決して……決して男女の関係だったというわけでは——」

「いいえ、駿良《シュンリョウ》と私は愛し合っておりました！」

淑妃様がそう叫び、再び宮女頭の企てが台無しになるのが分かった。隣で絶望に打ちひしがれている宮女頭らをよそに淑妃様はウットリとした様子でさらに男について語り始めた。

「愛していたからこそ、後宮で生活できるようにしてあげていたのに……。駿良《シュンリョウ》は他の宮女とも情を交わすようになったんです。おそらく私のことを想って、私を失望させようとしたのでしょう。だから遠慮しなくていいよう繋いで、同じ空気を吸えるのは私だけにしたのでございます」

男の腕に手枷がつけられていたのは、淑妃様から逃げようとした男が監禁されていたかららしい。淑妃様は本気だったようだが、男は危険な火遊びのつもりでしかなかったに違いない。

「陛下。もう宮と駿良《シユンリヨウ》は返してくださいませ」

この期に及んでもまだ宮で生活できると思っている彼女に正直、驚きを隠せないが、数年前の時点で既に心を病んでいたのかもしれない。

「その遺体は家族に返してやれ。淑妃の位を下げ、離宮に幽閉せよ。沙汰は追って伝える」

取り付く島がないという様子で瑛庚《エイコウ》様がそう言うと、淑妃様は宮女頭の腕を振り払い私に飛びかかってきた。

「お前が！　お前が宮を使いたいなどとたわけたことを言うから！！！」

片手が離されたと思った瞬間、チャリンという金属音が聞こえてくる。その音が簪《かんざし》であると分かったのは、それが耀世《ヨウセイ》様の腕に突き立てられたからだ。私の喉元へ向かって振り上げられた簪を、耀世《ヨウセイ》様が代わりに受けたのだ。

「勘違いするな。そなたの責めを受けるのは蓮香ではない」

耀世《ヨウセイ》様の言葉を機にその場は騒然となる。

錯乱する淑妃を押さえる衛兵、耀世《ヨウセイ》様の手当てをせんと集まる宮女。私はその混乱の真ん中に居ながら、唖然とすることしかできなかった。

◇◇◇

それから数日後、私は淑妃様の宮に移ることとなった。

遺体が出てきた宮であり、怪奇音がするということから誰も寄り付かなくなってしまったため、私が使うことを許されたのだ。鳥の時のように押し付けられたという方が正しいのかもしれないが、これだけの立地と設備を兼ね備えた宮ならば喜んで押し付けられたい。

忙しい中、今回の問題に深く首を突っ込んだのもあわよくば……という下心がなかったとは言い切れない。

「淑妃があんな人物だったとはね……」

応接室の長椅子に座る私の膝の上に頭を乗せながら瑛庚《エイコウ》様はそう言った。結局部屋が広くなったところで、使われるのはやはり長椅子というのだから納得がいかない。

何度か、私は別の椅子で――と移動するが、その度に子犬のように付いてくる。

「さようでございますね」

「含みのある言い方をするね」

あの騒動を目の当たりにして彼がまだ気づいていないのか……と思うと、ため息が漏れた。

「淑妃様の行われたことは異常でございますが、後宮も似たような仕組みではございませんか」

「似たよう……？　どこが？」

瑛庚《エイコウ》様は起き上がり、心底不思議そうな声で私に質問する。確かに淑妃様のしたことと同じと言われれば腹立たしさを通り越し、混乱するかもしれない。私はあえて淡々と事実を語ることにした。

「陛下の想いだけにすがるしかなく、自由に外を出歩くこともできない。麻花《マーホア》売りの男も存在を隠すために、自由に動けなかったはずです」

もし出歩けていたならば、あの淑妃様の狂愛ぶりに、早々に逃げ出していたはずだ。そして逃げようとしたことがあるからこそ、死後も手枷をされていたのだろう。

「そしてその愛は必ずしも自分だけには向いておらず、自分に向いていたとしても何時まで続くという保証はない」

狂愛だったとしても淑妃様の愛が自分だけに向いていれば男の気持ちも変わっただろう。だが順番が来れば皇帝が淑妃の元へ渡ってくる。いつ捨てられるか分からない恐怖を遺体の男も感じていたはずだ。

だが淑妃様はそんな男の気持ちは全て無視していた。遺体が出てきた時も「私のもの」と発言していた。おそらく彼女にとって麻花《マーホア》売りの男は自分の所有物でしかなかったのだろう。

「まるで後宮の女はもののようではございませんか」

「それは――」

反論しかけた瑛庚《エイコウ》様は何かに気付いたのか、言葉を失くした。

「愛は尊いものでございますが、両者の間において力関係が存在した場合、ひずみが出てくることもあるのですよ」

「じゃあ、どうしたらいいと思う？　俺が皇帝である以上、後宮でしか蓮香とは会えないよね。なのに蓮香は后妃にも皇后にもならないっていう。皇帝を辞めれば気がすむ？　蓮香はそんなに俺のこと嫌い？」

すがるように手を握られ私は苦笑する。

「嫌いではありませんよ。ただ『后妃になれ』というのは一方的でございます。后妃になると現在の機織りを辞めなければいけません。でも私は機織りを続けたいんです」

「続けたらいいよ。刺繍が趣味という后妃も多い」

根本的に話が食い違っていることを感じ、私は冷静に自分の中で彼を説得するための言葉を探す。

「単に機織りがしたいのではありません。宮女として対価を貰い周囲から認めてもらいたいのでございます。愛は尊いものではございますが、それが人生の全てではございません」

「では、幼なじみのことは嘘なの……？」

両腕を掴まれるようにして、そう聞かれ私は首を横に振る。

「違います。彼は本当に大切な思い出でございます。機織りの修業とは本当に辛いものなんです」

一人前の機織りになるためには、素早く織り上げる技術が求められる。そのためには、端から投げ入れられた杼を絶妙な間で反対側の手が受け取らなければいけない。

その修業のために冬場になると機織り機の左右には冷水を張った桶が設置された。確実に杼を受け取らないと杼が水桶の中に落ち、それを素手で拾わなければいけないからだ。最初の年は冷水のせいで両手は紫色になり、手の痛みで寝られない夜もあった。

村ではそんな虐待に近い修業が『私達のため』と延々と繰り返されていた。

「毎日、何度も『辞めたい』『辞めたい』と呪うように思っておりました。でも私達には戻る場所なんてないんです。だから逃げ出したくてもどこにも行けない。仲間の一人は修業を苦に井戸に身を投げて死にました。そんな地獄みたいな日々を変えてくれたのが『彼』だったんです」

蚕小屋に行くと毎日笑顔で迎えてくれて、時には襟の中に桑の葉ごと蚕を入れるような悪戯をするが、次の日にはお菓子を持ってきてくれて悪戯を謝罪してくれる。目の前に広がる絶望を彼が全て忘れさせてくれた。

「初恋の人だった」と感じていたのは錯覚だったのかもしれないが、絶望の淵《ふち》にいた私を支えてくれたのは紛れもなく彼だ。だから会いたかった。会ってお礼がしたかったのだ。「あなたのおかげで機織り宮女になれました」と伝えたかった。

「だから彼のことを子供ながらに愛おしいと思っていたのは確かでございます」

「そいつが目の前に現れれば、蓮香は機織りを辞めるんだよね？　俺は——」

あまり想いが伝わっていないことを知り、私は小さくため息をつく。

「たとえ彼が目の前に現れたとしても仕事は続けます。おそらく彼もそれを望んでくれると思います」

修業時代、一つの課題をこなせたことが分かると何時も「凄い」「もうこんなことができたの？」と手放しで賞賛してくれた。彼から褒められるのが嬉しくて修業を頑張っていた時期もあった。そんな彼ならば後宮で機織り宮女をしていると知ったら、何時も見せてくれていた穏やかな笑顔で「さすが蓮香だ！」と自分のことのように喜んでくれるに違いない。

「もし働くことを反対されるならば、私が想いを寄せている彼ではありません」

私の意志の強さを感じたのか、瑛庚《エイコウ》様の手に込められた力が徐々に弱くなっていくのを感じた。

「分かった……」

それは彼には珍しく弱々しい言葉だったが、ようやく想いが伝わったかと思うと嬉しさがこみあげてきた。

「つまり蓮香は誰かと一緒になるよりも機織りがしたいということなんだね」

「左様でございます」

思わず笑みがこぼれおちる。

「蓮香……。人には得意不得意というものがあると思うんだ」

その言葉の主旨が分からず思わず首を傾げるが、瑛庚《エイコウ》様は気にした風もなく言葉を続けた。

「例えば耀世《ヨウセイ》は政治のことは何よりも得意だ。手回しをして政策や法令を通す腕は鮮やかで本当に尊敬しているんだ。今だって何とかして蓮香が皇后になりつつ働ける場所を作ろうと必死に動いている」

周囲でそのような動きがあることを知らないので、実感はないが皇帝である彼がそういうのだから嘘ではないのだろう。

「だから俺は俺のやり方で、蓮香を皇后にしてみせる」

瓢箪《ひょうたん》から駒が出てきたような論法に思わず耳を疑う。

「俺は蓮香に恋の素晴らしさを教えてあげよう。機織り――いや、君を支えたっていう幼なじみより俺を好きになってもらう」

子供のような結論に私は、「楽しみでございます」と棒読みで答えるしかできなかった。

◇◇◇

「しっかし、可馨《クウシン》って何者だったんでしょうね……」

新しい部屋での生活が嬉しいのか、心なしか足取りが軽い林杏《リンシン》。その態度とは裏腹に少し声色は暗かった。

「あれですかね……幽霊ですかね？」

少し嬉しそうにそういう林杏《リンシン》に私は小さくため息をつく。

「死んだのは男でしょ」

「でも、他の局にあたってても可馨《クウシン》なんて宮女いないんですよ。名前は同じでも全然見た目は違ったし……」

「そうでしょうね。あの子は宮女ではないわ。そもそも可馨《クウシン》という名前ですらないのかも……」

私は機織りを続けながら、当然の事実であると伝える。

「そういえば、今日は出入りの商人たちが集まる日よね？　麻花《マーホア》を買ってきてくれるかしら？」

「まだ根に持っているんですか？」

「早くいかないと商人達が帰ってしまうわよ」

早く行けと手を振ると、ようやく林杏《リンシン》は渋々といった様子で部屋を出て行った。

そんな林杏《リンシン》が一時間後、部屋へ戻ってくる際、一人の少女を連れていた。

「蓮香様！　いました。いました！　可馨《クウシン》ですよ‼」

「でしょうね」

最初に彼女に会った時から彼女が宮女ではないことは分かっていた。淑妃様付きの宮女となれば、高価な香を焚きしめた着物を着ているのが普通だ。ところが彼女からは古い油のような香りがしていたのだ。

「あなたがくれた麻花《マーホア》、林杏《リンシン》が全部食べちゃったのよね。事件を解決したし――私もいただけるかしら？」

「その節は、淑妃様付きの宮女と嘘をつき、申し訳ございませんでした」

私の嫌味とも取れる言葉に、少女が勢いよく頭を下げる音が聞こえてきた。

「ええ?! なんで彼女が麻花《マーホア》売りだって知っているんですか？」

林杏《リンシン》がまだこの少女の正体について理解していないことに小さくため息をつく。

「だって被害者の男性は麻花《マーホア》売りなのよ。あなたは――妹さん？」

「いえ……妻でございます。妻の依依《イーイー》と申します」

その事実は私の予想を大きく裏切っており、驚きのあまりに思わず言葉を失う。声の調子から十代半ばぐらいの少女を想像していたのだ。

「私達一家が営む麻花《マーホア》屋は本当に小さな店でございます。それでも後宮へ品物を卸せるのは夫が宮女様方の心を掴んだからだ……ということは理解しておりました」

遺体にはその名残りはなかったが、おそらく淑妃様やその周辺の宮女らが心を奪われる……ということはかなりの男前で口説き上手だったに違いない。

「そんな夫が泊りで仕事をするようになったのが、四年前のことでございます。最初は朝方に帰ってきましたが、段々数日おきに帰ってくるようになり、三年前にとうとう帰らなくなってしまいました」

おそらく麻花《マーホア》売りの男を淑妃様が後宮に住まわせるようになったのが三年前なのだろう。幽霊が出現した時期とも一致する。

「最初は仕事が嫌になって他所の女と出奔したのかと思っておりました。ところが夫の失踪後も淑妃様付きの宮女様からの注文が続いたので不思議でした」

「え？　麻花《マーホア》が美味しいから食べたかったんじゃないの？」

林杏《リンシン》は不思議そうに首を傾げる。

「麻花《マーホア》売りは彼女の店だけじゃないわ」

私は林杏《リンシン》の安易さを指摘する。

「もっと高級店だってあるけど、それでも淑妃様が依依《イーイー》の店に、麻花《マーホア》を注文していたのは、依依《イーイー》の夫がいたからよ。だからもし本当に女と失踪していたら、注文が止まるって考えるのが普通よね」

私の推理に依依《イーイー》は深く頷く。

「注文が打ち切られないだけでなく、淑妃様付きの宮女様から頂いた注文の中に夫しか知らない新商品の名前があったので、夫が後宮にいるということに気付きました」

「助けを求めていたのかしら……」

私がそう言うと依依《イーイー》は自嘲気味に笑いながら首を横に振った。

「最初から助けだって分かっていれば良かったんですが、私は『後宮で幸せにやっているぞ』という夫からの伝言だと思っておりました」

その声には悔しさと自責の念が込められているのを感じた。もし三年前に動いていたならば……そう考えたくなる気持ちは分からなくもない。

「その頃から後宮に行く度に淑妃様の宮周辺で『幽霊』が出るという噂を聞き、夫が淑妃様の元にいることを確信しました。ところが二年前、淑妃様が宮を移られてから、その噂が消えました」

「それで死んでいると思ったわけね」

「はい。幽霊はおそらく変装した夫だろうと推察していましたが、その夫の姿が目撃されなくなったということは、幽閉されたか殺されたか——どちらかだと。同時期に淑妃様からの麻花《マーホア》の注文もなくなり、死んだと確信を得ました」

「でも、何で今なんですか？」

林杏《リンシン》は不思議そうに首を傾げる。確かに助けに行くならば、二年前でも良かったはずだ。

「淑妃様に近づこうとも考えましたが、二年前を機に淑妃様付きの宮女達は全員、目も合わせてくれなくなりました。そこで淑妃様と同等以上の力をお持ちの后妃様を探しましたが、一介の麻花《マーホア》売りは容易に近づけるものではございませんでした」

商人達が出入りする場所に宮女も出入りするのだが、そもそも、どの宮女がどの后妃付きなのかを商人側が判断するのは難しいだろう。

「それで蓮香様だったの」

林杏《リンシン》にそう言われて、依依《イーイー》は静かに頷く。

「陛下の寵愛が厚い宮女がいる——と商人の間でも有名でした。お付きの宮女が林杏《リンシン》様しかいらっしゃらなかったので、多くの商人達はいかにして林杏《リンシン》様に近づこうかと考えていましたからね」

そう言った話が私の耳に全く届いてこなかったのは、何だかんだ言って林杏《リンシン》が全て適当にあしらってくれていたからと知り、感心させられた。単に貰った賄賂を着服していただけかもしれないが……。

「ただ林杏《リンシン》様が、商人の話をまともに取り合っていらっしゃらなかったので、宮女のフリをして近づかせていただきました。申し訳ございませんでした」

林杏《リンシン》とは違い、なかなか洞察力と行動力がある。思わずその推察に感動すると共に一つの妙案が思い浮かんだ。

「ねえ、麻花屋《マーホア》は続けるの？」

「いえ……後宮で不祥事を起こした夫が営んでいた――ということで、今月で出入りはできないと言われました。おそらく都ではもう営業はできないでしょう……。それでも一家全員処罰とならなかっただけでも有難いです」

「それなら、ここで働かない？」

「え⁉」

そう驚きの声を上げたのは依依《イーイー》だけではなく、林杏《リンシン》もだった。

「以前の部屋より大きな部屋に移ったから宮女を増やすよう言われていたんだけど、なかなか適任な宮女がいなくてね。働いてもらえると嬉しいのだけど」

「私めに、そんな大役務まりますでしょうか？」

「といっても試験を受けなきゃいけないんだけど。そんなに難しくないと思うから大丈夫だと思うわ」

皇帝や身分の高い后妃付きの宮女と一般の宮女では、そもそも試験問題が異なる。

何といっても林杏《リンシン》でも合格するぐらいだ。おそらく依依《イーイー》ならば問題なく合格するに違いない。

「私は后妃ではないし淑妃様のように身分が高いわけでもないので、苦労をかけると思うけど……」

「でも蓮香様はそんじょそこらの宮女とは違うんだからね！」

既に先輩風を吹かせている林杏《リンシン》に思わず吹き出しそうになる。

「なんたって、この後宮で一番、陛下からお渡りがある宮女なんだから！」

「林杏《リンシン》様……。このようなことを私が申し上げるのは差し出がましいとは思うのですが……、あまりそのようなことは公言しない方がよろしいかと思います」

ここにきてようやく常識人がお付きの宮女になってくれそうなことに、思わず喜びの声をあげそうになった。

第七章　絡む糸

「悪いが、これからは本気でいかせてもらう」

瑛庚《エイコウ》が高らかにそう宣言すると、書類に目を落としていた耀世《ヨウセイ》は、ピクリと形のよい眉を動かす。

「何をだ。できれば、この山積みの仕事に対して本気になってもらいたいが――。そういうわけではないんだろ？」

書類から視線を移さず不機嫌そうに聞き返すと、瑛庚は顔を真っ赤にして声高に「はぐらかすな」と叫んだ。

「蓮香のことだ！　これまで女に見向きもしなかったお前が惚れた女だから、見守っていたが――」

「見守っていたのか」

蓮香に対する好意を全く隠そうとしない瑛庚《エイコウ》だが、本人は『見守っていた』つもりだったとは……。耀世《ヨウセイ》は驚きと共に動かしていた筆をようやく止める。

「それは知らなかった」

そう言って耀世《ヨウセイ》は再び視線を書類へ戻すが、そこに書かれている文字の意味は全く頭に入ってこなかった。

表情には出さなかったが耀世《ヨウセイ》は静かな焦りを感じていた。瑛庚《エイコウ》が本気を出すということが、どういう結果を招くかを考えたのだ。

それでも目の前の仕事が片付けば、蓮香が后妃——いや、皇后になると頷いてくれる環境が整う。「あと少しだ」という想いが、再び視線の先にある文字に意味を持たせる。

「俺のこと、眼中にないんだろ」

しかしそれを勘違いした瑛庚《エイコウ》は怒りを顕わにし、近くにあった椅子を引き寄せて耀《ヨウ》世《セイ》の机の前に座った。腰を据えて、この問題に取り組もうとする弟の姿に「分かりやすいな」と内心思いながら耀世《ヨウセイ》は苦笑する。

「いや、気にはなる」

言葉にしなかったが耀世《ヨウセイ》は内心、『出遅れている』という自覚があった。そもそも蓮香との関係に関しては、自分が瑛庚《エイコウ》と同じ地点に立っているかすらも疑問だった。

蓮香との距離が徐々に縮まりつつあることを耀世《ヨウセイ》は感じていたが、いかんせん恋愛経験が乏しすぎた。瑛庚《エイコウ》とは、もっと親しくなっているのではないか——という焦りが常にあるのだ。

だが瑛庚《エイコウ》にそれを悟られたくなかった。

「じゃあ、何故、そんなに冷静なんだ」

「冷静に見えるか——」

傍から見ると冷静に見えるのか——と耀世《ヨウセイ》は内心安堵していた。目の前に山のように積み上げられている書類は自分の焦りを具現化している気がしていたが、あくまでも主観だったことに気付かされる。

「瑛庚《エイコウ》は女の扱い方が上手いからな」

「何が言いたいんだよ」

瑛庚《エイコウ》の語気が強くなったことに気付き、耀世《ヨウセイ》は筆を止めて初めて弟の目を正面から見据える。

「きっとお前が本気を出したら、多くの女はお前に夢中になるんだろうな」

様々な方法を使って、后妃らの気持ちをつなぎとめている弟の手腕を耀世《ヨウセイ》は知っていた。見目は同じだが、自分からは決して出てこない数々の甘い言葉を瑛庚《エイコウ》は紡げる。

普通の女が相手ならば、自分は瑛庚《エイコウ》の敵にもならないだろう——と耀世《ヨウセイ》は考えていた。

「だが相手は蓮香だ。後宮にあっても全くその色に染まらなかった女だぞ」

「あぁ、だから俺は本気で蓮香を――」

そう言って声を荒げた瑛庚《エイコウ》に自分の真意が伝わっていないことを知り、耀世《ヨウセイ》は小さくため息をつくと、片手で追い払うような仕草をする。

これ以上、何を言っても無駄だと思ったのと同時に、「他の女と同じやり方ではダメだ」とあえて助け船を出してやる必要はないと思い直したのだ。

「勝手にしろ。仕事が溜まっている。手伝わないなら出て行ってくれ」

「俺はちゃんと言ったからな！」

瑛庚《エイコウ》は顔を真っ赤にすると椅子から勢いよく立ち上がり、ズカズカと部屋を出て行った。

◇◇◇

「蓮香様、これ……凄いですよ」

林杏《リンシン》の声が震えているのを聞きながら私は大きくため息をついた。瑛庚《エイコウ》様から贈り物が届けられるようになってから、かれこれ一ヶ月が経っていた。

翡翠《ひすい》の首飾りから始まり、着物、置物、菓子、花ときて今度はなんだ。西国の象が窓の外にいたこともあるので、もう驚かないぞと思っていたが林杏《リンシン》の言葉に私は気が遠くなる。

「これ──帯の図案です」

私は慌てて、林杏《リンシン》が握りしめていた紙を奪う。素早く図面に指を這わせると蓮の花が題材となった緻密な図柄を読み解くことができた。

「なに……これ……」

他の后妃へ贈る帯へ、これを織り込めということか？　と思わず唖然としていると、ポンッと肩を叩かれた。この香りと足音は瑛庚《エイコウ》様だ。林杏《リンシン》達は慣れた様子で、素早く部屋から出ていく音が聞こえた。

「蓮香のための帯だ」

「は？」

相手が皇帝であることを忘れ思わず食ってかからんばかりの勢いで聞き返してしまう。こいつは何を言っているんだ？

「俺だけの后妃になって欲しい」

怒りで思考が停止するのを感じる。だが思考を停止してしまえば負けだ。私は怒鳴り散らしたい気持ちをグッと堪えて言葉を選ぶ。

「まだ図案を起こしただけでございますよね」

「そうだよ。蓮香の要望も聞こうって思ったんだ」

帯を織るという作業は私が一人で作りあげていると見られがちだが、その工程には非常に多くの職人が携わっている。特に式典で使用される帯は緻密な柄が多く、糸を図案に合わせて一本一本染色している。

柄を描き図案に起こすだけでも多大な労力が費やされているが、糸の染色が始まってしまうと『帯を織らない』という選択肢が用意されなくなる。何故なら、その帯のために染めた糸は他の帯には使用しないからだ。

「なら私は織りません」

私はそう言って図面を瑛庚《エイコウ》様へ突き返す。

「なぜ――」

「何度も説明いたしました。私は后妃にはなりませんと」

あの贈り物の山からの求婚で私が頷くとでも思ったのだろうか。

後宮では私の后妃入りが確実――と噂されるようになっていた。私からすると外堀を埋められて生き埋めにされたような感覚でしかない。

「どうして俺じゃだめなんだ！」

それは初めて聞く瑛庚《エイコウ》様の感情的な怒鳴り声だった。怒り、嫉妬、悔しさ、悲しさ……そんな複雑な感情が伝わってきた。

「こんなに好きなのに――」

彼の弱音に思わず言葉を失う。

「確かに最初は興味が先に来たのは否定しない。後宮を毛嫌いしていた耀世《ヨウセイ》が惚れる女は、どんな女だろうって」

後宮で体験した話をする耀世《ヨウセイ》様は、女性に対して大きな心の傷を抱えているようにも思えた。そんな彼が興味を示した女は確かに珍しいだろう。

「でも蓮香と過ごすうちに新しい蓮香を見つけ、どんどん好きになった。女なんて全部一緒だと思っていたが蓮香は違った」

そう言うと瑛庚《エイコウ》様は私の手を握りしめる。

「蓮香が微笑んでくれるだけで幸せになれる。蓮香の笑顔と共に目を覚まして眠れるなら死んでもいい」

その言葉は、連日の贈り物と一緒に届けられていた文のような艶やかさはなかったが、私の心には響いていた。不器用で直情的で――意外にこれが瑛庚《エイコウ》様の本質なのかもしれない。

単なる女好きの軽薄な男かと思っていたが、それは後宮で暮らすために彼が演じていた人物像なのだろうか……。しかし、そんな自分の推理に確証を得ることはできず、私は握りしめられたその手を握り返すことはできなかった。

◇◇◇

「蚕を育ててみないか？」

一ヶ月ぶりに皇帝として、私の部屋に訪れた耀世《ヨウセイ》様は、林杏《リンシン》達がいなくなると同時に優しくそう切り出した。

この一ヶ月、連日愛を語る瑛庚《エイコウ》様と対照的だったのが耀世《ヨウセイ》様だ。部屋にはほとんど訪れず、宦官である耀世《ヨウセイ》様として言葉を交わす以外は会話らしい会話を交わしていなかった。

突然の申し出に驚き、私が首を傾げているとそれを否定と取ったのか「蚕は嫌いか？」と心配そうに尋ねられ私は慌てて首を横に振った。

後宮では、養蚕事業の大切さを普及するために、后妃らが中心となって養蚕にまつわる儀式などを年に何度か主催する。ただ虫を好む后妃は少なく、その飼育は后妃達ではなく宮女らが担当しているのも現状だ。

確かに子供時代、『初恋の少年』に襟元から背中に蚕を入れられたという衝撃体験をしてから蚕だけでなく虫全般が苦手だった時期もあったが、大人になると『よい思い出』に昇華されるから不思議だ。

「一度、育ててみたかったんです！」

耀世《ヨウセイ》様からの意外な申し出に私は思わず身を乗り出していた。生糸を作る蚕は基本的に野生では生息していない。長年この国で家畜として大切に育てられてきた生き物であるため、手に入れるのが非常に難しいのも事実だ。

「それはよかった」

満足そうに頷いた耀世《ヨウセイ》様に小さな疑問が浮かんだ。ここまでのやり取りは全て彼の想定内のやり取りであるかのように聞こえてきた。

「もしかして『蚕』とこの一ヶ月、耀世《ヨウセイ》様が私の所へいらっしゃらなかったことは関係があるのですか？」

瑛庚《エイコウ》様は『皇后にするために耀世《ヨウセイ》が動いている』と言っていたが、その計画を私は知らされていない。

「さすが蓮香だ。関係は——あるかな。いや無いのかもしれない」

話をはぐらかされ思わずムッとすると耀世《ヨウセイ》様が弱々しく口角を上げる音が聞こえる。この段になり初めて気づいたが、彼はどうやら酷く疲れているようだった。言葉の一つ一つもようやく絞り出しているという印象を受ける。下手をするとここ数日、まともに睡眠をとれていないのかもしれない。

「瑛庚《エイコウ》が数々の贈り物をしているって聞いてね。対抗したくなったのかもな？」

もっともらしい言い訳だが、少し速くなる彼の心音から、嘘をついているのは明らかだ。そもそも耀世《ヨウセイ》様は瑛庚《エイコウ》様に対抗して何かを行うような人ではない。

「そんな――」

『嘘だ』と指摘しようとした瞬間、耀世《ヨウセイ》様は触れるか触れないか分からないような力加減で私の頬にそっと触れた。まるで壊してはいけない陶器を触っているような慎重さだ。

「政務が忙しくて蓮香の元へは来られなかった故、その詫びがしたかった。機織りをしている蓮香は、蚕にも興味があると思っただけだ」

何時もとは異なり、あまりにも弱々しい耀世《ヨウセイ》様を見ていると追及することに躊躇《とまど》いを感じてしまう。

「ただ私は蚕が苦手だから、あまり部屋の目立つ場所に置かないでくれると助かる」

そう言うと耀世《ヨウセイ》様は倒れ込むように寝台に突っ伏し、少しすると規則正しい寝息を立て始めた。

彼の真意は分かりかねたが、この一ヶ月政務で忙しかったことはよく伝わってきた。

◇◇◇

「依依《イーイー》、仕事ができそうなくせに虫が嫌いなんて、意外な弱点ですね」

蚕を育てている養蚕宮までの道中、林杏《リンシン》は嬉しそうに笑う。依依《イーイー》は虫が苦手らしく、蚕を貰いに行くというと顔を真っ青にして同行を拒否したのだ。

無事、試験に合格し私の元へ配属された依依《イーイー》と林杏《リンシン》の立場が入れ替わるまで、そう時間は要さなかった。この一ヶ月で先輩としての面目が完全に潰れた林杏《リンシン》は『蚕』という手段で依依《イーイー》の上に立つことができ喜んでいるのだろう。

「そんな虫って嫌い？」

「まぁ、私は結構、カブトムシとかイナゴとか食べるのが好きですけど、嫌いって人は多いですよね。蚕の世話をさせられることになったって嘆く宮女も多いですよ」

養蚕業は瑛庚《エイコウ》様と耀世《ヨウセイ》様の母である皇太后様が中心となって行われる。本来は後宮のすべての決定事項を決める役目は皇太后様が担うが、遊牧民育ちで、政務に興味が薄かったこともあり表にはなかなか出てこられず、今では皇后の薇瑜《ビユ》様が主にその役割を果たしている。

「何匹ぐらい貰うつもりなんですか？」

「とりあえず数匹かしらね。番《つがい》になって卵を産んでくれたら、次の年は数百個卵を産むらしいのよ」

「じゃあ、数年後には一から手作りの帯ができそうですね」

そんな他愛もない話をしていると、直ぐに養蚕宮に到着した。

「あぁ、機織り宮女の蓮香だね。聞いているよ！」

土のむせ返るような匂いが広がる少し蒸し暑い宮で私達を迎えてくれたのは、素朴な雰囲気の中年の女性だった。

「ここ以外では本当は飼っちゃダメなんだけどね。陛下から『どうしても――』って懇願されてね。今用意してやるからね」

そう言うとその女性は棚に置いてあった箱を持ち出し、せっせと蚕と桑の葉を詰め始めた。

「しかしあんた、皇帝からかなり寵愛されているね。珍しい」

「寵愛など……陛下の気まぐれにございます」

謙遜しながらもどこか気恥ずかしい気持ちが私の中で広がる。以前ならばキッパリと「違う」と言えたのだが――。

「しかし珍しいといえば、蚕を育てたいなんていう宮女も珍しいねぇ。見たことあるのかい？」

「はい。故郷の村で何度か。ただ本格的に育てたことはないので、ご指導いただければと思います」

女性は「いいよ、いいよ」と楽しそうに作業をしていたが、その途中で何かを思い出したのかその手が止まった。

「村で……って、もしかしてあんた蓮香かい？　あんたが機織り宮女ってことは、機織り宮女を養成しているあの村の出身なわけだろ？」

『あの村』と言われて思わず身体に緊張が走る。

「ど、どこかでお会いしましたか？」

「やだよー。忘れちまったのかい？　ちょっとの間だけど、村で養蚕の手伝いをしていただろ。ほら、うちの息子達とよく遊んでくれたじゃないか」

そうだ。私が幼なじみの少年と出会ったのは、村にあった養蚕場でのことだった。母親の手伝いという名の悪戯をしながら過ごす彼と直ぐに仲良くなったのを思い出した。

「あぁ！　あの時の！」

「そうだよ！　こんなところで再会するとはねぇ～。ずいぶん、綺麗になって」

まるで母親のような温かい言葉をかけてもらい、再び心が温かくなるのを感じた。

「幼なじみの少年の母親があの人なら、なんで少年の居場所とか名前とか聞かないんですか」

宮からの帰り道、林杏《リンシン》にそう責められ私は苦笑する。

「どうでもいいからよ」

「え⁉」

「会いに来る機会があったのに来なかった人よ。おそらく彼は彼で別の生活があるのよ。今さら素性とか聞きだして、どうこうしたいと思わないわ」

正直に言うと、彼が今どこにいて何をしているのか……という事実を知るよりも、なぜ自分に会いに来てくれなかったのかを知り傷つくのが嫌だったのだ。こんなにも近くにおり、会う機会があるのに会いに来ないというのだから、教えてもらわなくてもその理由は明白だ。

第八章　幽々たる証言

その日は、朝から宮女らが騒がしく着飾ることに励んでいた。一年に一度ある宮女らが家族と面会できる日だからだ。特に林杏《リンシン》の力の入りようは凄く、数日前から髪に薬などを塗り込み、顔にも泥を塗って汚れを落とす……という美容法を取り入れる程の徹底ぶりだ。

「家族と会うだけでしょ？　そんなに着飾らなくても……」

「蓮香様、本当に家族と会うだけだと思っていますか⁉　年に一度、他の宮女の兄弟も集まるんですよ？　どこに結婚の機会があるやもしれません」

后妃とは異なり宮女は伴侶となる人物が見つかった場合、皇帝の許可を得て後宮を出ることは可能だ。ただ女の園である宮女に出会いがないため、この制度を利用する人間は限られている。

「普通は皇帝陛下の目に留まり后妃になるのを宮女は憧れますが、蓮香様がいますからね。宮女だけじゃなく后妃様方も、今の陛下の視線に入り込むことなんてできませんよ。陛下の寵愛を得られれば、身分が低くてもの上がれるってのが、後宮の醍醐《だいご》味《み》なのに」

と大きくため息をつかれ、思わず申し訳なくなる。

「気持ちだけど……これ、付けて行ってね」

心の中で謝りながら、林杏《リンシン》の帯に私が作った飾り紐を巻きつける。もし私が后妃ならば、部屋付きの宮女らに同じ衣装を着せたりするのだが、さすがにそれをしてしまうと反感を買いそうなので飾り紐に留めておいたのだ。

「凄い可愛い‼　ありがとうございます」

先ほどの不満そうな様子から一転して、林杏《リンシン》は飛び跳ねんばかりに喜んでくれた。

「依依《イーイー》はお母様がいらっしゃるのよね？」

林杏《リンシン》と入れ替わるように私の前に来た依依《イーイー》にもやはり揃いの飾り紐をつける。

「はい。後宮で働かせていただいているおかげで仕送りもできますし、母も鼻が高いと申しています」

「そっか。無理にお願いしたから心配だったんだけど、よかった。じゃあ今日は、これで終わり。仕事はしないから家族との時間を楽しんできて頂戴」

「やったー」とまるで子供の様に喜ぶ横で依依《イーイー》は「蓮香様は行かれないのですか？」

と不思議そうに首を傾げる。

「私は家族がいないからね」

私がそう言うと、珍しく林杏《リンシン》が「ちょっと」と言いながら依依《イーイー》を小突いた。私の言葉の意味に気付いた依依《イーイー》は「すみません」と慌てて膝をつく。

「違うの違うのよ。親代わりの村長は時々、私の技術を確認するために来てくれるから……こんなに人がいる時にはこないだけなの」

月に一度やってきて私に面会を求める村長だが、それは親心からではなく私の給金の半分を受け取るために来ている。勿論、そんなことを言って彼女達を傷つけては申し訳ないので黙っているが。

「もうすぐ開門の時間でしょ？　さ、楽しんできて」

私は二人の背中を押すようにして、部屋から送り出し、ホッとため息をつきながら長椅子に倒れこむ。喧騒が過ぎ去った代わりに訪れた理由もない寂しさに胸が少し苦しくなったのだ。

「蓮香が仕事をしていないとは珍しい」

その優雅な声に私は思わず居住まいを正す。

「耀世《ヨウセイ》様！」

もしれない。

「やはり宦官の姿をして紛れ込んで正解だ」

得意げに言う耀世《ヨウセイ》様に思わず、笑みが漏れる。昼間に二人っきりで会うのは久々か

「仕事はしないのか？」

私の隣に座りながら不思議そうに聞く耀世《ヨウセイ》様に肯定の意味を込めて頷く。

「私が仕事をしたら、少なくとも依依《イーイー》は面会時間を切り上げて戻ってきます」

「林杏《リンシン》は時間ギリギリまで面会時間を楽しんでいそうだがな」

段々、耀世《ヨウセイ》様も彼女について分かってきたらしい。

「ちょうど蚕の餌を交換したかったし、二人がいない方が平和にできますしね」

虫は平気だと言っていた林杏《リンシン》だが、何故か蚕の世話となると及び腰になる。一方、依依《イーイー》はやる気は見せるものの今にも失神しそうなぐらい汗をかく。仕方ないので私が一人で蚕の世話をしているのだが、すると二人には「手伝わねば」という義務感が生じるらしい。

だから最近では深夜に世話をするようになっていた。

「養蚕宮に蚕の餌である桑の葉をいただきに参りたいのですが、担当宮女の方も出払ってしまっているでしょうか……」

今日は基本的に多くの宮女が仕事をしないと決められている。陛下や后妃様に作られる料理も昨夜のうちに作られたものを出すという珍しい一日でもある。

「大丈夫だろう。おそらく母がいるからな」

「皇太后様ですか？」

「あぁ、蚕をもらい受けに行った時にいただろ」

皇太后様なる人物に心当たりがなく思わず首を傾げる。

「おかしいな。毎日のようにいるのだが……。すれ違ったのかもしれんな。よし今日は私が一緒に行こう」

そう言って立ち上がった耀世《ヨウセイ》様に私は慌てて首を振る。

「ダメですよ。耀世《ヨウセイ》様のこの姿では、宦官と私が手を取り合って後宮を歩き回っていたって、根も葉もない噂がたちまち立ってしまいますよ。ここは少し離れた場所だからまだいいですけど」

「そうか……」

心底残念そうな彼の手を握り「大丈夫ですよ」と伝え、私は蚕の入った箱を持って養蚕宮へ向かうことにした。

一度歩いた道は勿論だが、何回か歩いている道はこうして一人でも問題なく歩くことができる。養蚕宮は少し離れた場所にあるが、それでも午後の暖かい日差しを受けて後宮内を歩くのはいい気分だ。

「晴れてよかった……」

家族達と面会する場所は屋根のない後宮内の広場だ。その日は露店なども出るのだが、雨が降ってしまうと全てが台無しになってしまう。

そんなことを考えながら歩いていると前方から数人の女性が歩く音が聞こえてきた。この足音と衣擦れの音からすると宮女と后妃だろう。支度が間に合わず時間に遅れると焦っているのだろうか。塀際に寄って彼女達の邪魔にならないように避けたが、すれ違う瞬間、かすかにだが宮女の一人の肩に私の肩がかすめた。

その瞬間、「きゃぁぁぁ！！！」と大げさな悲鳴が耳に届いてきた。何が起こっているのか分からず、状況を確認しようと彼女の方へ近づくが、どうやら先ほどぶつかった衝撃で倒れてしまったのだろう。

「申し訳ございません。大丈夫でございますか？」

私が彼女へ手を伸ばそうとした瞬間、その手はパンッとはねのけられてしまう。

「ううううう。痛い……痛い……」

倒れている宮女の隣にさらに倒れている人物がいるらしく、小さく唸っている声まで聞こえてくる。

「貴妃様⁉　大丈夫ですか⁉」

「宮医を呼んできて頂戴！」

「貴妃様⁉　血、血が出ております‼」

私を取り巻く喧騒にサーッと血が引くのを感じた。おそらく私は妊娠中の貴妃様付きの宮女とぶつかり、貴妃様をも転倒させてしまったのだろう。


数時間後、私は後宮の牢の中にいた。以前、徳妃様が収容されていた部屋よりもさらに狭く、かび臭く悪臭すらしてくる。視覚からその負の情報が伝わってこないのが唯一の救いかもしれない。

転倒した貴妃様は流産されてしまい、私は皇帝の子供を殺したという罪で投獄された。「私は立ち止まっていた」「貴妃様ではなく宮女とぶつかった」と説明したが、勿論、聞き入れてもらうことはできなかった。

「こんな所で死んじゃうのかしらね……」

貴妃様を流産にいたらしめたのだ。おそらく死刑が妥当な量刑だろう。あと何日生き延びることができるのだろうと計算していると、廊下をもつれそうな勢いで走ってくる足音が聞こえてきた。

「蓮香！」

鉄格子越しにそう言った耀世《ヨウセイ》様の声に思わず涙ぐんでしまう。どうやら自分が思っていた以上に私は心細かったらしい。耀世《ヨウセイ》様が鉄格子を握る音が聞こえてきたので、私も駆け寄った。

「耀世《ヨウセイ》様……」

鉄格子を握る耀世《ヨウセイ》様の手に自分の手をそっと重ねると、緊張の糸が途切れたのか自分の頬に涙が伝うのを感じた。

「本当に済まない……。こんなことになるなどと……。でも大丈夫だ。今、瑛庚《エイコウ》が必死で貴妃を説得している。きっと大丈夫だ」

私は静かに首を振る。

そんなことで許されるわけがない。逆に私を庇《かば》えば庇うほど、貴妃様の怒りは私に向かうに違いない。性格が驚くほど違う二人だが、呑気なところは非常に似ている。育ちの良さから来ているのだろうか……。

「そうだ。瑛庚《エイコウ》が現場を見たことにしよう。そなたが故意にぶつかっていないと証言

「すればいいではないか」

「瑛庚様は無理ですよ」

　貴妃様が倒れた時、後宮を開放する式典が開かれており、瑛庚様が皇帝として出席している。もし瑛庚《エイコウ》様が「見た」と主張しても、時間的につじつまが合わなくなるため、その証言は採用されないだろう。

「では、宦官だった私が見たと証言しよう」

この短絡的な案にも私は首を横に振る。

「貴妃様だけではなく、お付きの宮女らもおりました。直ぐに偽証と発覚し今度は耀《ヨウ》世《セイ》様が罪に問われてしまいます」

「そんなことにはならん。もし、なったとしても蓮香の命より大切なものなんてない。もし蓮香が死んだら、それこそ生きている意味がない」

そう言いながら、彼は私の頬に伝う涙を手の平で拭いてくれる。

「今回の沙汰は薇瑜《ビユ》が下すと言っている。瑛庚《エイコウ》がやると言ったら『陛下は蓮香に肩入れしすぎる』『貴妃も納得しない』と引き下がらなかった。蓮香の無実を証明する人がいなければ死刑になるに違いない」

かつて薇《ビ》瑜《ユ》様は「『友人』になろう」と言ってくださったこともあったが、あの言葉の端々には敵対心しか感じられなかった。おそらく彼女も私を殺したがっているのだろう。

もしかしたら貴妃様は流産により気が動転されていて、冷静になられたら私の無罪が証明されるのではないか……という一縷《いちる》の望みを抱いていたが、どうやらそういうわけにもいかないらしい。後宮全体に追い詰められたような錯覚を抱く。

「耀世《ヨウセイ》様は重要なことをお忘れです」

そう言いながら、私は頬に添えられた耀世《ヨウセイ》様の手に思わず縋り付く。

「私は、これまでだって様々な問題を解決してきたじゃないですか」

おそらくこの人は本当に私一人のために命を投げ出しかねない。

「今回だってちゃんと解決策を用意してありますよ」

そんなものはないが……。

「だから黙って見ていてください。手出し、口出し無用です」

私が最後に彼に贈った笑顔は、ちゃんと微笑めていただろうか……それが気がかりだった。

事故についての沙汰が下されるために私が連行されたのは、後宮の小広間だった。

中央に簡易玉座が設置されているその場所は小さな式典などを行うときにも使用される。この日は玉座に瑛庚《エイコウ》様、その隣に薇瑜《ビユ》様が座り、私はその正面に頭を床に付けて待つようにいわれた。

そんな私の少し前には椅子に座った貴妃様がいる。宮女らにかいがいしく世話をされているところを見ると、どうやら体調はまだあまりよくないらしい。

「では貴妃の言い分から聞くとしよう」

一つ一つ扇面を広げながら、薇瑜《ビユ》様は少し面倒くさそうにそう言った。

「はい。あの日、私が宮女らと散歩をしておりましたところ、この機織り宮女が凄い勢いで走ってまいりました」

「走って――？」

不思議そうに聞き返した薇瑜《ビユ》様に貴妃様は大きく頷く。

「はい。あまりにも危なかったので、端に寄ろうとしたところ、この者が箱の中から蚕をけしかけてきたのでございます。飛んできた蚕に驚き転倒してしまったのでございます。その結果……子供を失うことに」

一息にそういうと泣き崩れた貴妃様を周囲にいた宮女らは抱きかかえるようにして支えた。

「蓮香、それは本当かえ?」

皇后様に聞かれて、私は慌てて首を横に振る。

「私は一人で歩くことはできますが、さすがに走って移動するのは危険です。さらにその日は蚕を持っておりました。蚕にあまり衝撃を加えたくなかったので、走る――というようなことはしておりません」

ここに来て、初めて弁解らしい弁解ができたことに少しだけホッとさせられる。ただ事件のあらましが、この数日の間に大事件に変化している事実にも戦慄させられた。

「なるほど――。ここから話が食い違うとは」

「おそれながら皇后様、この者は嘘をついております。皇帝の子供を殺した罪から逃れるためにこのようなことを申しているのでございます」

キッパリとそう宣言したのは貴妃様だった。

「確かに真実は一つ故、どちらかが嘘をついているのだろうね」

「私は嘘などついておりませぬ。陛下、目をお覚ましくださいませ。このような下賤の者を寵愛しすぎ、本来の道を見失っていらっしゃいます。もし皇后様がいらっしゃらねば、この者は無罪になっていたでしょう。このようなことを許してもよろしいのでしょうか!」

それは皇帝へ向けられた言葉であるかのように聞こえたが、その実は薇瑜《ビユ》様に伝えているのだろう。

「おそれながら、皇后様。現場を目撃した者を連れてきてもよろしいでしょうか」

それに答えるように、口を開いたのは耀世《ヨウセイ》様だった。何とかして止めようと顔を上げた瞬間、貴妃様の叱責の声が飛んできた。

「宦官ごときが誰の許しを貰って発言をしておる‼」

怒鳴り声に近いその声に、耀世《ヨウセイ》様は苛立ちを隠そうとはせず、短く「ほう」と呟きながら、ユックリと階段を降り私達の元へと近づいてくる。

「そなた、誰に向かって口を利いておる」

「え？」と聞き返した貴妃様の疑問は、もっともだ。

耀世《ヨウセイ》様は、確かに瑛庚《エイコウ》様とご兄弟で、それ故に特別な影武者だ。だが普段は出自を隠して宦官として働いているのではなかったのか？　尊い血筋を引くお方だが、宦官となると身分は貴妃様の方がはるかに高い。

そんな私の疑問に答えるように耀世《ヨウセイ》様は、サッと仮面を外した。

「余が紫陽国第百四十八代皇帝・武宗《ブソウ》である」

その言葉に、その場にいた全員から驚きの声が上がる。それと対照的だったのが、その背後にいた瑛庚《エイコウ》様と、薇瑜《ビユ》様だ。二人は大きなため息をつく。

「耀世《ヨウセイ》……。後宮の皇帝は俺が担当で、外宮の皇帝がお前――。お互いが担当する宮については、口を出さないって約束だよな？」

瑛庚《エイコウ》様の言葉に私は思わず耳を疑う。耀世《ヨウセイ》様は、あくまでも瑛庚《エイコウ》様の『影武者』ではないのか？

「愛する者の命一つ救えず、何が皇帝だ！」

「もう勝手にしろ」

耀世《ヨウセイ》様の毅然とした口調に、瑛庚《エイコウ》様は投げやりにそう言って椅子の上で正していた姿勢を崩す。口調も言動も私の部屋に来た時の彼のそれになっている。おそらく瑛庚《エイコウ》様は、この場の『皇帝』としての役割を耀世《ヨウセイ》様に任せたのだろう。

「陛下、それで証人とは――」

「遅れて悪かったね」

薇瑜《ビユ》様の疑問に答えるように大股で広間に入ってきた足音に私は思わず身体が固くなる。養蚕宮で会った中年の女性だったからだ。

「皇太后様、お時間をいただきありがとうございます」

耀世《ヨウセイ》様がそう言って膝をつくと、その場にいた全員がやはり膝をつき頭を下げる。

さらなる衝撃の事実に私の思考回路はついていかず思わず言葉を失う。

「全くだよ。遊牧民出身のあたしゃぁ、こういうのが苦手だからね。全部、薇瑜《ビユ》に任せているって何時も言っているだろ？」

二人の会話にその場にいた人間の多くがザワザワと騒がしくなる。おそらく私だけでなく多くの人間も彼女を皇太后様だとは認識していなかったに違いない。

「だけど、蓮香の命がかかっているって聞いたら、出てこないわけにはいかないからね。で、今回の事件だけどね。あいにく私は養蚕宮から見ていたよ」

確かに貴妃様とぶつかった道の先を右に曲がればすぐ養蚕宮だった。

「後宮を開放している日だからね、誰もいないと思ったんだろうね。だけど私に会いにくる家族なんていないからね。養蚕宮で仕事をしていたのさ。そしたら貴妃達が立ち止まっている蓮香にぶつかるのをちゃんと見たよ」

その言葉にさらにざわめきは大きくなる。これまで『誰も見ていない』という前提から貴妃様方の言い分が通っていた部分もある。だからこそ耀世《ヨウセイ》様は当初、虚偽の目撃情報を進言しようとしてくれたのだ。

「それとね、蚕は成虫になっても飛べないんだ。蓮香がけしかけたというけど、投げつけるぐらいしないと貴妃の方へなんか飛んでいかないよ。あんたも貴妃だかなんだかしらないけど、後宮の人間ならちゃんと蚕の知識ぐらい持っておきな」

「それで貴妃は偽りを申していたのか？」

冷たい耀世《ヨウセイ》様の声に、貴妃様はワナワナと震え涙をボロボロとこぼし始めた。

「へ、陛下が、このような小娘を寵愛される故、こらしめようとしただけでございます‼」

「なるほど……私が皇帝として道を誤っている故、正そうとしてくれたわけだな」

にわかに優しくなった声に貴妃様は嬉しそうに顔を上げた。

「さ、さようでございます！　后妃でもない宮女を寵愛されるなど道を誤っていらっしゃいます！　どうぞ目をお覚ましになられてください！！」

「では、蓮香を皇后としよう」

耀世《ヨウセイ》様の言葉に周囲が再び驚きの声を上げる。いや、これに関しては私も黙っているわけにはいかない。

「陛下、それについては再三――」

「案ずるな。式典で使用する帯は皇后が織る仕事とする。近日中に朝議で決定する予定だ」

こんな横暴を薇瑜《ビユ》様がお許しになるわけはない、と思い彼女の方をうかがうが呆れたようにため息をつくが激怒しているという様子はない。

「陛下、やはり蓮香は困っておりますよ。伝える順序をお守りするよう申し上げたではございませんか」

しかし叱責や反論の言葉は、その決定事項に対してではなく、その事実を『この場』で伝えたことに対してでしかなかった。以前、瑛庚《エイコウ》様が耀世《ヨウセイ》様の根回しの鮮やかさを賞賛していたが、あの皇后様すらも籠絡していることに衝撃を受けた。

「薇瑜《ビユ》はそれでいいのかい？」

皇太后様はあきれ返ったようにそう言い、薇瑜《ビユ》様の肩にポンと手を置く。

「元々皇后の座に固執していたわけではございません。ただ与えられた職務を全うしていたまででございます。それよりもあれほど陛下からの寵愛がありながら、蓮香が后妃ではないことの方が問題でございます。それに——蓮香は賢い子でございますからね。鍛えがいがありますわ」

嬉しそうにコロコロと笑う薇瑜《ビユ》様の声は、静かな恐怖心を掻き立てる。おそらく私の皇后教育は彼女が行うということで、話がついているのだろう。機織り修業並みの地獄が待っていそうな気がしてきた。

「それで——貴妃はそんな詰まらないことのために皇子を殺したというのか？」

るだろう。

　ぶつかった行為が故意ならば、確かに『皇帝の子』を殺したのは貴妃様本人といえ
「ち、違います……」

　貴妃様はようやく、この段になり自分が失言していたことに気付いたのだろう。狼狽した様子で隣にいた宮女へしがみつく。

「陛下、お怒りは尤もでございますが、それについても調べはついております」

「というと？」

「連れて参れ」

　薇瑜《ビユ》様がそう言うと広間の後方の扉が開く音がし、小さな足音が聞こえてくる。若い宮女なのだろうか。

「貴妃、この者に見覚えはないかえ？」

「私の部屋の宮女でございます」

「そうじゃ。だが正確にはな……妾がそちの部屋へ遣わしていた宮女じゃ」

　その言葉に貴妃様は座っていた椅子から転げ落ちる。

「い、いつから⁉」

「そなたが後宮に入った頃からよのう。この広い後宮を管理するために手伝いはいる

じゃろ？」

薇瑜《ビユ》様は喉の奥でクックッと小さく笑う。

「その子が流れたのは、蓮香との事故より一週間前のことだというではないか」

周囲のざわめきが一段と高くなる。

「はい。貴妃様はあの事故より一週間前にご自身の不注意により浴室にて転倒され、お子様が流れてしまわれました」

薇瑜《ビユ》様の発言を裏付けるように先ほど連れてこられた宮女が、静かに証言をする。密偵としての役割もこなしていた彼女は本来ならば物静かで存在感がない人物なのかもしれない。

「宮医は何故、報告しなんだ？」

「陛下へ報告しようとされたのですが、貴妃様に賄賂を握らされ黙っておりました。ただこのままでは貴妃様が罰を受けかねないので、陛下の寵愛が厚い蓮香様を犯人にしたてようと計画されたのです」

「そ、そ、そなた！　何をでたらめを‼　ただで済むと思うてか⁉」

金切り声を上げながら宮女の報告を打ち消そうとする貴妃様に耀世《ヨウセイ》様は小さくため息をつくと、ツカツカと貴妃様との距離を縮める。

「ただで済まんのは、お前だ」

と持っていた扇で貴妃様のアゴを持ち上げた。その表情はうかがえないが、貴妃様のガクガクと震えているような音からすると鬼気迫る表情をしているのかもしれない。

「私の大切な者を奪おうとした罪は重いぞ。今回の事件について沙汰する。この者を冷宮に生涯幽閉せよ」

短く言い放った後、ハッと思い立ったように、薇瑜《ビユ》様へ振り返った。

「薇瑜《ビユ》、いいな？」

「ええ、どうぞ」

諦めたように同意する薇瑜《ビユ》様の言葉を合図にするように、控えていた衛兵達が貴妃様の両脇を抱えると引きずるようにして小広間から引きずり出した。その姿が見えなくなると、慌てた様子で耀世《ヨウセイ》様は私へと駆け寄る。

「蓮香‼　大丈夫か？」

さらに玉座からゆっくり私達へ近寄ってきた瑛庚《エイコウ》様は、「怪我はしてない？」と私の存在を確認するように、頬、髪、肩と私の身体に不調がないか一つ一つ触る。

「大丈夫でございます」

何時もの寝台と比べ牢の寝台は堅かったので全身がガチガチするが、疑いが晴れた喜びの方が大きくそれは些細な問題でしかなかった。

「そなたを助けるのが遅くなって本当にすまなかった」

そう言った耀世《ヨウセイ》様の声は少しかすれていた。昨夜はほとんど寝ていないのかもしれない。おそらく私を助けるために奔走してくれていたのだろう。

「とんでもございません。それよりも命をお救いいただきまして本当にありがとうございます」

これは半分以上薇瑜《ビユ》様へ向けた感謝の気持ちということもあり、私は再び床へ頭をこすりつけるようにして感謝の気持ちを示すことにした。

「あぁ〜本当によかったですよ〜」

牢から出され、自室へ帰ったのは深夜を過ぎていたが私は林杏《リンシン》に手伝ってもらいながら風呂に入っていた。

この宮に来てから毎日好きな時間に風呂に入れていたので、牢での風呂なし生活は精神的に応えた。恵まれた生活が時には弊害をもたらすことを今回初めて知ることとなった。

「私、蓮香様が死刑になっちゃうんじゃないかって、本当に……本当に……心配していたんですよぉ～」

後半からは泣きながらそう言う林杏《リンシン》へ私は「ありがとうね」と感謝を口にして、小さく微笑む。林杏《リンシン》と依依《イーイー》は、私の沙汰が出るまでこの部屋から出ることを許されなかったらしい。心細い想いをさせたかと思うと、申し訳ない気持ちがこみあげてくる。

「蓮香様、先ほど陛下付きの宮女から花が届けられました」

「花？」

私は洗い流した髪に油を刷り込みながら、依依《イーイー》の報告に首を傾げる。

「こちらでございます」

そう言って渡された一本の花からは、淡く爽やかで気品のある香りが広がってくる。

「芍薬《しやくやく》？」

「凄い！　さすがですね。でも……文とかはないみたいですね」

花だけで言葉を伝えたかったのか……と私は静かに考え始めた。少ししてこの花が持つ意味が分かり私は慌てて、まだ水気を含んだ髪をまとめ上げ着物を身にまとう。

「今日は、もういいから寝て頂戴。遅くなってごめんね」

「え？　いいんですか？　って……蓮香様、どこ行くんですか？　夜中ですよ？」

「大丈夫、直ぐ戻るわ」

そう言って部屋から飛び出した私の背中に林杏《リンシン》の「は〜い」という間の抜けた声と依依《イーイー》の「お気をつけて！」という少し緊張した声が投げかけられた。

終　章　皇帝と機織り宮女

微かに冬の香を含んだ夜風を頬に感じながら、私は全速力で『開かずの間』に向かって歩いていた。

文のない花で呼び出されるのは何年ぶりだろうか。

これは子供の頃、『初恋の少年』が届けてくれた物だった。それは決まって酷い悪戯を受けた次の日の朝、枕元へ置かれる。その花が届けられた時は、養蚕小屋ではなく蓮の花が浮かぶ池のほとりで待ち合わせするのが、暗黙の了解だった。

そこに現れた彼は、前日の悪戯をした時とは打って変わり、何時も申し訳なさそうな表情を浮かべていた。そして「昨日はごめんね」とあっさり謝る。前日は母親に殴られても頑として謝らなかったのに——。そして、なかなか手に入らない菓子を私の口へ放り込んでくれる。

口の中に甘さが広がると同時に彼に対する怒りが薄れ、自然と笑顔が浮かんできたものだ。本当に単純だが、子供なんてそんなものだ。その単純さ故に気付いていなかったが、今考えると、あの少年が悪戯を仕掛けてきた前日の彼と同一人物なわけがないのは明らかだ。

毎日、あの手この手で悪戯をして笑顔にしてくれる少年。

それを謝罪し、優しい言葉で笑顔にしてくれる少年。

あの時は今とは異なり様々な物、色、形が見えていたが、一番大切なものは何も見えていなかったのか……。そんな皮肉に思わず苦笑しながら、廊下を歩く足を速めた。


芍薬は、前皇后様が好んでいらっしゃった花で、庭園一面に芍薬を植えたことから『芍薬の君』と呼ばれたこともあったほどだ。そんな芍薬を一本。つまり一人で前皇后様がいた部屋に来いということだろう。

開かずの間の金属の重い扉をソッと押してみると、それは以前のようにアッサリと開く。そして中から聞こえてきたボソボソという低音の会話はピタリと止まり、何かを吹き消す音と共に微かな焦げた匂いが漂ってくる。

突然の来訪者を警戒して、ろうそくを消したのだろう。

といっても特に暗闇だからといって私にとっては何も問題はないので、ゆっくりとろうそくの匂いがする方向へ歩く。

「蓮香です。陛下……？」

おずおずと聞くと、パタパタと二つの足音が近づいてくる。

「蓮香、大丈夫か」

と言って耀世《ヨウセイ》様が左手を取り、

「意外に遅かったな〜」

と言って瑛庚《エイコウ》様が右手を取った。

「あ、あの大丈夫ですよ？」

想像した通り、その場に二人がいることに先ほど伝えられた「皇后」の件が思い出され、にわかに緊張が私の中で走る。

「まず、謝らせてくれ。私が不甲斐ないばかりに命の危険にさらしてしまった」

私を椅子に座らせると、耀世《ヨウセイ》様が勢いよく頭を下げて謝罪した。

「とんでもございません。全て私の不注意が招いたことでございます」

「俺も……貴妃を説得できなかった。本当にごめん」

瑛庚《エイコウ》様にもそう謝られ、私は慌てて首を横に振る。

「本当に大丈夫ですから。数日間いつもと違う場所にいただけですよ」

確かに事の始まりは全て彼らと関わったのが原因だが、庶民の私からすると皇帝が頭を下げているという事態に思わず恐縮してしまう。

「それで――蓮香、お詫びとしてはなんだけど、君の『初恋の少年』を探してきたんだ」

瑛庚《エイコウ》様がそう言うと、二人は私の両手をそれぞれ優しく包む。

「どちらか分かるか？」

数ヶ月前、広間で行われた『初恋の少年』探しが再現されていることに思わず苦笑する。

「最初からいらっしゃったんですね」

あの時も候補者の中に耀世《ヨウセイ》様が紛れ込んでいた。耀世《ヨウセイ》様も『初恋の少年』であるという事実は間違いではない。

ただ私がその音と香りで耀世《ヨウセイ》様だと思い込み、彼が『初恋の少年』である可能性に思い至らなかったのだ。そして私が選ぼうと思えば、玉座にいた瑛庚《エイコウ》様を選ぶこともできたことになる。

「私をいつも笑顔にしてくださったのは、瑛庚《エイコウ》様でございますね」

瑛庚《エイコウ》様の握っていた右手に、ギュッと力がこめられる。

「そして、いつも優しい言葉をかけてくださっていたのは耀世《ヨウセイ》様でございますね」

左手を握る手が一瞬離れかけたが、再び力がこめられた。

「お二人だったのですね」

「え？」

二人の言葉は見事なまでに、ぴったりと重なりあう。

「だから、あっさり『初恋の少年』を見つけられた」

私が与えた情報は本当に雲をつかむような情報でしかなかった。国家権力を最大限活用しても、おそらく本人達でなければ私の『初恋の少年』など見つけられなかっただろう。

二人は開かずの間での事件の際、私を見て『村で会った少女』であることに気付いたに違いない。そして私の正体が分かった耀世《ヨウセイ》様は、本来は後宮の皇帝でないにもかかわらず、無理を言って私の部屋に訪れた。

ところが最初に私が『初恋の少年』について「『蚕小屋』で会った」と言ったことから、耀世《ヨウセイ》様は「蚕が苦手な自分はその少年ではない」と誤解したのだろう。だから、その場で私に自分の正体を明かさなかった。それを明かしてしまうと私が瑛庚《エイコウ》様の元へ行ってしまうと考えたに違いない。

瑛庚《エイコウ》様もその事実を知りながら、私に明かさなかったのは耀世《ヨウセイ》様が後宮で初めて女に心を許したからだ。当初は私達の関係を見守るつもりだったのだろう。

だが、徐々に瑛庚《エイコウ》様の気持ちが変わり始めた。だからこそ、最終的に「初恋の少年が現れたら機織りを辞めるのか」と聞いたのだ。切り札として隠していた自分が『初恋の少年』であることを私に伝えるために。しかし、私が「初恋の少年も機織りを続けることを望むだろう」と伝えたことから、『切り札』が切り札ではない可能性に思い至り、正体を明かすことを断念した。

一方、耀世《ヨウセイ》様は、機織りを続けながら皇后になる――という環境を整えることで私の心を手に入れることができる、と確信を得ると同時に、私に「瑛庚《エイコウ》様が蚕小屋であった少年」という事実を隠していた後ろめたさを感じ始めたのだろう。

そんな後ろめたさを解消するために、養蚕宮で皇太后様と再会させ、私に瑛庚《エイコウ》様が『初恋の少年』であると気付かせたかったのだ。

「だから耀世《ヨウセイ》様は私に蚕を贈ってくださったんですね」

ただ彼の誤算は私が皇太后様を認識することができなかった点だ。私は養蚕宮で働く女性を『初恋の少年』の母親であるとは認識できたが、そこから『皇帝』へとつなげることはできなかった。

「なんでちゃんと言ってくれないんですか……」

全て分かっているようなつもりでいながら、何も分かっていなかった私はまるで道化のようではないか。

「気付かないのは無理ないと思うよ。だってあの時は今みたいに二人で同時に姿を見せることはなかったし」

瑛庚《エイコウ》様はそう言って、そっと私の髪を撫でる。

「蓮香を失うのが怖く、言い出せなかった。すまん」

いつの間にか流れていた私の涙を耀世《ヨウセイ》様がそっと拭きながら、謝罪の言葉を口にする。

「だから改めて選んで欲しい」

そう言った耀世《ヨウセイ》様の言葉を補うように瑛庚《エイコウ》様が言葉をつなぐ。

「蓮香が選んでくれなかった方が後宮を去るよ」

「そのようなこと――」

そんな重大なことは決められない――と言いかけて言葉に詰まる。私の存在に気付くまで、彼らは二人の皇帝として上手くやっていたではないか。

政治を担当する耀世《ヨウセイ》様、後宮を担当する瑛庚《エイコウ》様。この国の平和が保たれているのは二人が皇帝だからだ。だが私のせいで、その均衡が崩れようとしている。きっと、どちらかの皇帝が居なくなったこの国は、直ぐに潰れることはないにしても様々な問題が浮上してくるだろう。

まるで織物のようだ。

織物は経糸《たて》に横糸を通すことで様々な模様を織っていく。横糸は途中で違う色に変えることはある。だが経糸《たて》は絶対にその場を動くことはない。

いや──動かしてはいけないのだ。

私は左手をほんの微かに握り返し、満面の笑みを二人に向ける。

「私の初恋の相手は、お二人で一人ございます。お選びできません」

「それはないだろ」「そう言うと思った」などと安堵のため息をつきながら、二人が嬉しそうにそう言う姿を感じながら、やはりこれが正しい選択肢だったことに気付かされた。

参考文献

弓岡勝美（2008）『帯と文様―織り帯に見る日本の文様図鑑』世界文化社

神山洋一（1993）『写真集 西陣―美を織る暮らし』大月書店

青木健作（1983）『西陣手織り一代』創樹社

椹木重太郎（1983）『西陣織手譚』北斗書房

河上繁樹（1999）『織りと染めの歴史』昭和堂

・この物語はフィクションです。
実在の人物、団体などには一切関係ありません。

双葉文庫

こ-31-01

盲目《もうもく》の織姫《おりひめ》は後宮《こうきゅう》で皇帝《こうてい》との恋《こい》を紡《つむ》ぐ

2020年2月15日　第1刷発行
2020年3月18日　第2刷発行

【著者】
小早川真寛《こばやかわまひろ》

【発行者】
島野浩二
【発行所】
株式会社双葉社
〒162-8540 東京都新宿区東五軒町3番28号
［電話］03-5261-4818（営業）　03-5261-4851（編集）
www.futabasha.co.jp
（双葉社の書籍・コミックが買えます）
【印刷所】
中央精版印刷株式会社
【製本所】
中央精版印刷株式会社

【表紙・扉絵】南伸坊
【フォーマット・デザイン】日下潤一
【フォーマットデジタル印字】恒和プロセス

ISBN978-4-575-52319-5 C0193
Printed in Japan